Reinhold Friedl

Tödliches Tabu

Originalausgabe – Erstdruck

Der Regional- und Politkrimi spielt im Elbe-Weser Dreieck, im Cuxland, in Hamburg, Oldenburg, Bonn, Genf und am Horn von Afrika sowie in der SPD und bei den Vereinten Nationen.

Die Hintergründe dieses Romans entsprechen überwiegend der Wirklichkeit und sind historisch real. Allerdings sind die Personen und die Handlung in der dargestellten Form frei erfunden.

Reinhold Friedl

Tödliches Tabu

Elbe-Weser-Krimi

Schardt Verlag Oldenburg

Bibliographische Information der Deutschen Bibliothek:

Die Deutsche Bibliothek verzeichnet diese Publikation in *Der Deutschen Nationalbibliografie*; detaillierte bibliographische Daten sind im Internet über http://dnb.ddb.de abrufbar.

Coverphoto: Rainer Griese

Illustration/Radierung: Reinhard Wölfer

2. Auflage 2006
1. Auflage 2005

Copyright © by
Schardt Verlag
Uhlhornsweg 99a
26129 Oldenburg
Tel.: 0441-21779287
Fax: 0441-21779286
Email: schardtverlag@t-online.de
Herstellung: Janus Druck, Borchen

ISBN 3-89841-189-3

1

Amandus Abendroth führte im Morgengrauen zwei Männer zur Deichlücke. Er fühlte sich noch etwas unsicher auf den Beinen und hoffte mit verkniffenem Schmunzeln, daß sein Kopf nicht zu breit für die Lücke wäre. Am gestrigen Sonntagmorgen hatte er entgegen aller Vorsätze wieder am Schützenfrühstück teilgenommen. Das bedeutete jedes Jahr, daß seine Frau mit dem Abendbrot gar nicht erst zu warten brauchte. Das tat sie seit drei Jahren auch nicht mehr.

Es war natürlich wieder zünftig und gesellig gewesen, auch wenn er selber Opfer eines Scherzes gewesen war. Der kleine stämmige Bürgermeister hatte bei seiner historisch launigen Rede mit der Bemerkung auf ihn gewiesen, daß ein Bartschnitt beim Barbier des Nachbardorfes für den Schreiberling wohl auch nicht mehr drin sei und er aussähe, als ob er bereits am Schützenfest von 1897 teilgenommen hätte. Als sich das prustende Schenkelklopfen im Saal langsam gelegt hatte, hatte es von Amandus in Richtung des hinter dem Rednerpult knapp sichtbaren Dorfhistorikers zurückgeschallt, daß der Herr Bürgermeister doch bitte aufstehen möge, wenn er ihn anspricht. Nun hatte die Heiterkeit keine Grenzen mehr gekannt und der Saal hatte sich gekrümmt. Auch der Lokalpolitiker war hinter dem Rednerpult endgültig verschwunden. Er kokettierte selbst häufig mit seiner Gestalt und hatte nun noch einen oben draufgesetzt: „Als Norbert Blüm vor zwölf Jahren im Wahlkampf hier war ging ich mit ihm danach an die Theke und sagte ‚zwei Kurze'. Darauf der Wirt: ‚Das seh ich. Und was wollt ihr trinken?'"

Normalerweise bückelte jeder Kommunalpolitiker jovial und mehr oder weniger souverän vor einem Schreiberling des Oste-Kuriers, aber hier gehörte er dazu. Noch mehr, seit er im letzten Jahr nach dem siebten Bier zwar widerstrebend aber letztendlich doch in den Schützenverein aufgenommen worden war. Auch berichtete ein festangestellter Kollege von diesem Dorffest, während er sich als freier Mitarbeiter auf ähnlich weltbewegenden Ereignissen gegen karges Zeilenhonorar im Lande Hadeln tummeln durfte.

Er ging dieser Arbeit überwiegend gerne nach, weil er den bodenständigen und offenen Menschenschlag an der Niederelbe mochte. Darum war er auch vor zwölf Jahren in die herbe und beschauliche Landschaft des nassen Dreiecks zwischen Elbe- und Wesermündung gezogen und hatte das Institut für Politikwissenschaft in Hamburg hinter sich gelassen. Damit auch die Wohnung im Eppendorfer Abendrothsweg, die er wegen des Namens einst als Wink des Schicksals angesehen und sofort gemietet hatte. Eine Verwandtschaft mit den gleichnamigen Vorbesitzern dieses Geländes konnte er trotz eingehender Ahnenforschung nicht feststellen. Es ergaben sich keine gesicherten Hinweise auf eine Abstammung von dem 1867 gestorbenen ersten Direktor der Hamburger Sparkasse von 1827, Dr. August Abendroth, ebenfalls nicht auf den 1842 verstorbenen Hamburger Bürgermeister Dr. Augustus Amandus Abendroth, der hier einst seinen Landsitz hatte und als Amtmann zeitweise die Hamburger Interessen im Cuxhavener Schloß Ritzebüttel vertrat.

Es gab aber auch lange Strecken der Monotonie, des Selbstzweifels und der Gedanken an falsche Weichenstellungen im Leben des freien Reporters. Zwischen den Lokalberichten über Schützenbrüder und -schwestern, Brieftaubenzüchter, Landfrauen, Bauernmärkte, Fischerfeste, Pappbootrennen und Gemeinderatssitzungen hatte er immer noch einen unauslöschbaren Traum: Einmal auf die ganz große Story stoßen und sie an Land ziehen. Dabei dachte er weniger an einen gestrandeten Wal an der Küste der Nordsee.

Dieser Wunsch richtete ihn, den etwas träge gewordenen, geschiedenen Fünfziger, in unregelmäßigen Abständen wieder auf. Er war eigentlich immer ein ganz ansehnlicher Junge gewesen, dessen Charme die Frauen mochten. Schlank gewachsene einsachtzig. In den letzten Jahren hatte der Taillenumfang sich zu einem sichtbaren Bauchansatz ausgeweitet. Amandus Abendroth schätzte die ländliche Gastronomie, beim Essen mit Freunden und geselligen Thekenschnacks.

Der einstige Dreitagebart war länger und melierter geworden. Gegenwärtig sah er keinen menschlichen und modischen Anlaß, ihn auf eine energischere Länge zu kürzen. Als Zugeständnis an modisches Outfit genügte ihm die neue randlose Brille, deren verschwimmende Gleitsichtgläser ihn allerdings diese Anschaffung schon bereuen ließen. Seine längeren dunklen Haare hatten während des Studiums Rebellion signalisiert, jetzt suggerierten sie eher die lässige Unabhängigkeit des Freiberuflers. Diese neue Deutung einer alten Gewohnheit gefiel ihm, ohne daß er sich jemals tiefschürfende Gedanken darüber machte.

Zur Aufbesserung seines Zeilenhonorars vermietete Amandus Abendroth zwei Ferienwohnungen im ehemaligen ‚Hadler Fährhaus'. Kurz nach Bezug des altehrwürdigen Gasthauses hatte er sie ausbauen lassen. In dieses prächtige und geräumige Rotklinkerbauwerk mit Osteblick hatte er sich vor Jahren auf Anhieb verliebt. Und es stand günstig zum Verkauf. Seit dem Auszug seiner Frau nach der Scheidung vor drei Jahren half ihm Anke Tiedemann aus dem Nachbarort mit der Endreinigung und bei Bedarf mit Frühstücksservice. Seine Gäste kamen überwiegend durch sein Inserat in der Anglerzeitung, viele aus Nordrhein-Westfalen. Wenn er Zeit hatte, schipperte er sie auch schon mal mit dem tuckernden Boot zu versteckten Angelplätzen im Schilf der Ostebiegung.

Kurz vor der Deichlücke fragte einer seiner Gastangler nach dem farbigen Schild über der prachtvollen hölzernen Eingangstür des alten Backsteinhauses, welches der Frühtruppe beim ersten Aufhellen des Tages entgegenschimmerte.

„Das ist das Dorfwappen. Das hängt der Tischlermeister immer zum Schützenfest raus", antwortete Amandus.

„Und was bedeutet das?"

„Der Pflug steht für die Landwirtschaft, die Kogge für die Seefahrt und die Wellen für die Oste. Oste mit langem Oooo, sonst erkennt hier jeder, daß ihr von auswärts seid. Auch ohne Schalke-Schal." Drei Gesichter verzogen sich amüsiert.

„Die Oste ist der größte Fluß zwischen Elbe und Weser. Eine weithin unbekannte Naturschönheit, voller Idylle an den Ufern und auf dem Wasser", betrieb er ein wenig Tourismusmarketing, obwohl seine Feriengäste diese reizvolle Landschaft bereits entdeckt hatten. „Sie durchfließt Geversdorf in einer Breite von 180 Metern. Die beiden Gemeindeteile liegen links und rechts des Flusses."

Sie passierten die Deichlücke. Rechts lag die rostige Werft mit dem hohen Kran. Amandus Abendroth erläuterte: „An dem Kranausleger hat Greenpeace früher oft für riskante Auf- und Abseilaktionen trainiert. Der alte Werftbesitzer hat das unterstützt. Von dem neuen sieht man wenig. Er ist mit einer Afrikanerin verheiratet."

„Und was macht er mit der Werft?"

„Das weiß hier keiner so richtig."

Die Nordrhein-Westfalen folgten ihrem Schrittmacher, der heute morgen einen Elbsegler auf den Kopf gesetzt hatte. Darunter floß das immer noch dichte Haar auf den Kragen eines dunkelblauen Fischerhemdes mit weißen Längsstreifen. Nach dem Aufstehen hatte er kurz überlegt, dann aber den Routinegriff zu den Jeans über dem Schlafzimmerstuhl und der Lederjacke am Flurhaken unterlassen. Etwas Folklore hielt Amandus Abendroth beim Vermietungsgeschäft gelegentlich für förderlich.

Nach einigen Schritten blieben sie stehen und blickten auf den idyllischen Ostehafen. Fremdenführer und Touristen ließen den Blick über die hochaufragende zweimastige Outlaw auf dem Werftgelände, über einen schwach erkennbaren Dreimaster und den hellblau und weiß gestrichenen Fischkutter am vorderen Anleger schweifen. Einige hundert Meter entfernt blinkte über den Mastspitzen am kleinen Yachtanleger eine Positionslampe der Klappbrücke im schummrigen Morgendunst. Jenseits der Brücke ließ sich erahnen, wo der Strom der Oste zum Mündungstrichter der Elbe hin entschwand. Am grasbewachsenen Ufer lag ein langes, flaches Ungetüm, das im Dämmerlicht den Eindruck erweckte, ein monströser Alligator würde halb im Wasser, halb an Land lauernd auf Beute harren. In diesem Moment durchzog ein markerschütternder Schrei die aufsteigenden Morgenschwaden. Die Urlauber blieben abrupt stehen und preßten ihre Angelutensilien an ihre Körper. Der ältere Angler zerrte den vorangehenden Vermieter an seinen Hosenträgern über dem Fischerhemd einen Schritt zurück.

„Was war das?"

Amandus Abendroth löste die klammernde Hand und drehte sich schmunzelnd um. „Bleibt man ganz ruhig. Das war Goldie. Werdet ihr gleich sehen." Zunächst sahen sie links das kleine verwahrloste Fährhäuschen mit den Wasserstandsanzeigen der großen Sturmfluten. Die Renovierung war ein Dauerbrenner im Gemeinderat. Unterhalb des Deiches stand ein geschlossener Bierausschankwagen, umgeben von leeren Pappbechern und Kippen im niedergetretenen Gras. Amandus Abendroth war um die Sauberkeit des Ortes bemüht: „Das ist der Rest vom Schützenfest und wird nachher weggeräumt. Früher wurde die letzte Nacht des Schützenfestes immer auf der pendelnden Fähre gefeiert, bis der letzte Schützenbruder über Bord gegangen war. Genauer gesagt der vorletzte, denn auch der Fährmann war Schützenbruder. Als die Klappbrücke eingeweiht worden war, hatte die Fähre ausgedient. „Die ersten Anfänge dieser Prahmfähre gehen auf die Jahre um 1400 zurück. Sie soll vom Erzbischof von Bremen gegründet worden sein. 1423 wird die

Fähre zum ersten Mal urkundlich erwähnt. Jetzt liegt der ausgemusterte Fährprahm etwas anders als ursprünglich am Ufer, da er demnächst flußaufwärts nach Osten geschleppt wird" – auch jetzt betonte er das gedehnte Ooo – „wo zusammen mit der dortigen historischen Schwebefähre ein Fährenmuseum entstehen soll. Nun tut es allen leid, daß sie wegkommt."

Der Schrei wiederholte sich. Amandus Abendroth zeigte auf die andere Seite der mobilen Bierbude. Die Angler trauten ihren Augen nicht. Dort stand auf einem Grasflecken ein leibhaftiger Esel. Angepflockt an einer langen Leine, schrie er das dunkle Monstrum an.

„Das ist Goldie." Die Sommerfrischler brachen in befreiendes Gelächter aus. „Er gehört dem Postmeister und hat einen postalischen Stammbaum: Goldie von Thurn und Taxis. Der Postmeister will ihm noch eine Gloria verschaffen, damit er ruhiger wird."

Nun war es Amandus Abendroth, der urplötzlich wie angewurzelt stehen blieb. Die Abonnenten der Anglerzeitung konnten keinen ersichtlichen Grund entdecken.

„Da ist wohl noch einer dun und schläft seinen Rausch aus", wies er zur Fähre.

„Wo?"

„Da. Hinter den Fässern."

Jetzt sahen auch die Urlauber hinter den rostigen Fässern auf dem uferwärtigen Teil der Fähre zwei angeschmutzte Turnschuhe, aus denen zwei braungebrannte Beine ragten. Das hochgerutschte Stück einer Jeans verschwand zwischen den Fässern und einer zerfledderten Taurolle. Amandus Abendroth kletterte auf die Auffahrrampe, stieg über die geschlossene rotweiße Schranke und beugte sich über die Fässer.

„Mein Gott", preßten sich die Worte aus ihm heraus. „Kommt mal ganz schnell her. Oder bleibt besser, wo ihr seid." Die Sportangler kamen trotz der Warnung um die Fässer herum. Nun sahen auch sie es. Ein junger Mann in gelbem Polohemd, Jeans und Turnschuhen. Arme und Oberkörper seltsam verdreht, Mund und Augen offen. Das Polohemd am Bauch aufgeschlitzt und blutdurchtränkt, daneben eine große Blutlache auf den Planken.

„Das ist ja ein Neger", entfuhr es dem jüngeren Sportangler. In seiner Benommenheit erstarb Amandus Abendroth ein Widerspruch zur politischen Korrektheit der Bezeichnung auf den Lippen. Es war nicht der Ort und nicht die Zeit dafür.

„Aus dem Rausch wacht der nie mehr auf."

Unter Schock lief in ihm ein kurzer, heftiger Kampf zwischen Pietät und Professionalität ab. So mußte sich der Stern-Reporter beim Betreten von Barschels Badezimmer im Genfer Hotel Beau-Rivage gefühlt haben. Er bat seinen konsternierten Feriengast um dessen Photoapparat und sah, daß ein neuer 36er Film eingelegt war.

2

Oberkommissar Hans-Heinrich Drewes saß an seinem aufgeräumten Schreibtisch in der Polizeidienststelle Cadenberge, die an das Rathaus anschloß. Die frisch gebügelte grüne Uniform saß wie angegossen, zwei silberne Sterne auf jeder Schulterklappe glänzten, der schwarze Schlips war akkurat gebunden und Schnauzbart und Haarkranz sauber geschnitten. Wie immer war er wie aus dem Ei gepellt. Er las den Oste-Kurier und suchte den Bericht vom Geversdorfer Schützenfrühstück. Als Kommunalpolitiker und Ratsherr in der Samtgemeinde Am Dobrock mußte man auch in den sieben Mitgliedsgemeinden Präsenz zeigen. Zumindest, wenn man bei der Kommunalwahl vorn liegen und möglichst viele persönliche Stimmen ziehen wollte, wie man das hier nannte.

Er betrachtet zunächst die beiden Photos. Als alter Fuchs hatte er genau gemerkt, wann der Reporter die Kamera in den Saal hielt. Bei den Ehrengästen am vorderen Tischende hatte er sich gut plaziert. Auf dem Bild beugte er sich aus der Längsreihe der wenigen vor ihm Sitzenden etwas vor, wie um den Redner besser sehen und hören zu können. Dazu hatte er ein freundlich interessiertes Gesicht aufgesetzt. Das müßte reichen, damit sich der Besuch gelohnt hatte. Und es hatte gereicht.

Die Bürotür öffnete sich, und sein Kollege Fritjof Martens trat ein. Mit ebenso korrekter Uniform, aber einen Kopf größer und mit einem vollen, blonden Haarschopf.

„Na, Heiner, hast du dich gefunden?"

„Du ärgerst dich doch nur, daß du nicht beim Schützenfrühstück warst."

„Ich war beim Sportfest in der Wingst und habe sogar einen Ehrenpreis überreicht. Blätter doch mal zwei Seiten weiter."

Das tat Heiner, wie er von allen genannt wurde. Es wurmte ihn, daß sein Kollege ihn getoppt hatte. Fritjof Martens war beim Überreichen eines Pokals an eine aparte Leichtathletik-Siegerin abgelichtet. Es wurmte ihn um so mehr, als sein Kollege lässig seine Uniformjacke mit drei silbernen Sternen auf den Schulterklappen über den gegenüberliegenden Bürostuhl hängte. So saßen sie sich auch auf den Fraktionsbänken im Ratssaal des dreigiebeligen Rathauses gegenüber. Beide waren nicht auf den Mund gefallen, und es wurde manche scharfe Klinge gekreuzt. Viele Beschlüsse wurden allerdings übereinstimmend gefaßt. In der Dienststelle stand die Polizeiarbeit im Vordergrund, aber kleine Sticheleien und Frotzeleien gehörten dazu und lockerten auch die Arbeit etwas auf.

„Das einzig Vernünftige, was die SPD-Landesregierung in Niedersachsen zustandegebracht hat", verkündete Heiner, indem er die Zeitung faltete und zur Seite legte, „ist die Polizeireform. Die hätte von uns sein können."

„Sonst wärst du ja auch immer noch Hauptmeister und nicht in die Kommissarslaufbahn hochgestuft worden. Du kannst ja mal ein Dankschreiben an Schröder und Glogowski schicken."

„Mach ich glatt. Aber erst nach ihrer Abwahl."

Das Telephon klingelte, und Heiner nahm fast im gleichen Moment den Hörer ab. Nachdem er sich gemeldet hatte, hörte er zu, und seine Sitzhaltung wurde noch aufrechter als üblich.

„Wo?" hörte Fritjof Martens ihn fragen. Einen Augenblick später: „Wir kommen sofort."

Heiner informierte seinen Kollegen kurz und sachlich über die aufschreckende Mitteilung eines Lokalreporters. Der griff sofort zum Telephonhörer und rief den ZKD, den Zentralen Kriminaldienst in Cuxhaven an.

„Hier Hauptkommissar Martens. Leichenfund in Geversdorf. Verdacht auf Tötungsdelikt. Wir fahren sofort hin und melden uns."

Mit Alarmstart saßen sie im grün-weißen Polizeiwagen und fuhren vom Parkplatz neben der Wache die wenigen Meter zum Marktplatz, der trotz der frühen Stunde schon vollgeparkt war. Weitere Parkplatzsuchende, am begehrtesten waren die Plätze bei Marktkauf direkt vor dem Eingang, behinderten den Polizeieinsatz. Sie schalteten Blaulicht und Martinshorn ein. Als sie am Bremerschen Schloßpark und am Tennisplatz vorbei den Cadenberger Weg entlang die drei Kilometer zum Nachbarort fuhren, fragte Fritjof Martens seinen Kollegen: „Wieso wußte die Presse schon davon?"

„Weil Amandus Abendroth die Leiche gefunden hat."

3

Das Hafengelände wurde um die Fähre weiträumig mit rot-weißen Plastikbändern abgesperrt. Einige Dorfbewohner standen vor den Häusern auf dem Deich und beobachteten, wie Gestalten in milchigen, schwach durchsichtigen Plastikanzügen auf der Fähre und im Sperrgebiet Untersuchungen durchführten. Nun räumten sie ihre Gerätschaften zusammen und verließen die Fähre. Zwei Männer in dunklen Anzügen hievten einen Körper in eine Zinkwanne mit Tragegriffen und schoben diese in einen grauen Kombi mit Kreuzen auf den undurchsichtigen Heckscheiben.

Der Erste Hauptkommissar Karl Langner sprach außerhalb der Absperrung eindringlich auf Fritjof Martens und Heiner Drewes ein. Er war mittelgroß, dunkelhaarig, trug eine dunkelbraune Feincordjacke und schwarze Jeans. „Wie ihr wißt, übernimmt der ZKD, genauer das 1. Fachkommissariat die Federführung der Ermittlung. Also ich." Die Zuständigkeit des 1. Fachkommissariates für Mord, Totschlag und Branddelikte brauchte in diesem Kreis niemandem erläutert zu werden.

Langner unterbrach seine Rede, da sich eine Gestalt im Plastikanzug zu ihnen gesellte, sich entschälte und die durchsichtigen Gummihandschuhe abstreifte.

„Hallo Frau Doktor, was können Sie uns sagen?" Die hinzugezogene Notärztin aus dem Nachbarort, klein, kompetent, etwas stämmig und mit goldgefaßter, runder Brille, antwortete: „Ein junger Mann von etwa zwanzig bis dreißig Jahren. Dunkle Hautfarbe, aber nicht vollkommen schwarz, eher braun bis Café au lait, um es mal etwas unwissenschaftlich auszudrücken.

Feine Gesichtszüge, gewellte Haare, aber nicht extrem kraus. O.k., das gehörte eigentlich nicht exakt zu meinem Job, aber ich weiß ja, daß Sie ihn identifizieren müssen. Und er ist sehr tot. Durch einen seltsamen Stich in den Bauch umgekommen. Eine üble Wunde, vom Nabel her bis zu den unteren Rippen aufgeschlitzt. Tatzeit? Kann ich nicht genau sagen, aber höchstens einige Stunden her. Weit nach Mitternacht und frühem Morgen. Tatwaffe? Ein Stichinstrument, aber wohl kein gängiges Messer. Dazu sind die Wundränder nicht glatt genug."

„Danke, Frau Doktor. Solch komprimierte Sachinformationen in verständlicher Form schätzen wir außerordentlich."

„Schon in Ordnung. Weitere Informationen werden Sie aus der Pathologie in Stade erhalten. Voraussichtlich wird dort ein Hamburger Gerichtsmediziner die Obduktion vornehmen."

„Danke und auf Wiedersehen, Frau Doktor."

„Ich sag mal lieber Tschüs."

Sie hob die Hand in Richtung Heiner und Fritjof, was beide erwiderten. Man kannte sich.

„Wohl an, meine Herren", setzte der 1. Hauptkommissar der Kripo Cuxhaven das Gespräch mit seinen Kollegen fort. „Der Erkennungsdienst hat die Spuren gesichert, aber bis jetzt nichts Spannendes entdeckt. Der Fundort scheint der Tatort zu sein, obwohl es noch nicht endgültig feststeht. Habt ihr einen Anhaltspunkt zur Tat?"

„Eingrenzung des Tatortes: Europa, Deutschland, Niedersachsen, Landkreis Cuxhaven, Geversdorf", brachte Heiner einen Polizeischnack an. „Vermutlich. Opfer unbekannt, Tathergang unbekannt. Täter unbekannt. Motiv unbekannt. Tatzeitpunkt ungefähr bekannt."

„O.k., o.k.", bremste Karl Langner. „Bei so viel Klarheit wird der Direktor der Polizei bei der Bezirksregierung Lüneburg vermutlich eine Mordkommission einrichten. Ich werde vorschlagen, daß ihr dabei seid, weil ihr euch vor Ort am besten auskennt. Falls andere Kundschaft vor Ort keine Ruhe gibt, könnt ihr euch das als Team ja aufteilen. Aber Prioritäten setzen!"

Beide stimmten zu. Das war ein etwas interessanterer Fall als Hühnerdiebe jagen. Obwohl es auch andere Kaliber in ihrem Revier gab.

Sie stimmten nun die nächsten Aufgaben ab. Fritjof und Heiner wollten die letzten Feiernden des Spektakels „Oste in Flammen" zusammenholen und befragen. Vom Bierwagen und dem Bratwurststand am Deich war nämlich die Fähre einzusehen. Ob die Zeugen noch etwas wahrnehmen konnten, war allerdings mehr als fraglich. Auch die umliegenden Anwohner sollten befragt werden. Karl Langner nahm sich vor, nach Vermißten zu forschen, auf welche die Opferbeschreibung zutreffen konnte.

„Ihr bekommt vom Erkennungsdienst so schnell wie möglich ein Photo des Toten. Wir treffen uns um 17.00 Uhr auf eurem Revier."

4

Amandus Abendroth hatte den 36er Film umgehend in der Technik des Oste-Kuriers in Otterndorf abgeliefert und um sofortige Entwicklung gebeten. Nun begutachtete er die Photos mit seinem Kumpel und Fachmann für Pressetechnik, Rolf Mählmann. Er schaute dem etwas kleineren, kugeligen und pfiffigem Entwickler über die Schulter. Er war dafür bekannt, daß er jedes technische Problem löste.

„Technisch gut, aber inhaltlich Horror", urteilte der Zeitungstechniker.

„Paß mal auf, Rolf", umgarnte Amandus seinen Kumpel und Nachbarn, mit dem er im Oste-Krug gern mal ein Bier trank. „Falls jemand nachfragen sollte, was ich nicht glaube, kannst du dann sagen, daß es ein 24er Film gewesen ist?! Ich möchte die restlichen in Ruhe und allein untersuchen. Mit einer Lupe", deutete er mit dem Zeigefinger der rechten Hand auf die aussortierten Bilder in seiner Linken. „Ich will", glaubte er erklären zu müssen, „der Polizei grundsätzlich nichts vorenthalten. Außerdem haben sie selber photographiert. Aber es kann manchmal nützlich sein, einen kleinen Schritt weiter zu sein. Und in der Redaktion möchte ich niemanden in Verlegenheit bringen."

„Nur mich bringst du in Verlegenheit, mein lieber Mandus. Im Fall des Falles werde ich höchstens sagen, daß ich die Photos nicht gezählt habe. Es können auch einige nichts geworden sein, weil du so hektisch warst. Übrigens", zwinkerte Rolf, „falls du eine Vergrößerung brauchst, im Oste-Krug gibt's demnächst eine Riesenfischplatte. Frisch vom Kutter."

„Die schwimmen bekanntlich am besten in trockenem Grauburgunder", nahm Amandus Abendroth den Ball auf. „Nach deinen frischen Stinten im Frühjahr bin ich eh dran."

Der Oste-Krug war kein Edelrestaurant, aber die Küche war ordentlich und die Portionen reichlich. Denn nichts schätzte der einheimische Hadler weniger als ein Lokal, wo man nicht satt wurde. Am besten war eine Menge, von der einem hinterher schlecht war. Dann hieß es: „Da kannst du gut essen." Der Oste-Krug hatte im Gegensatz zu etwas feineren Lokalen in den Nachbarorten den unschätzbaren Vorteil, daß man anschließend nicht mit dem Auto fahren mußte.

In der Redaktionskonferenz des Oste-Kuriers wurden gegensätzliche Auffassungen zur Veröffentlichung der Photos diskutiert. Die einen betonten ihre Chronistenpflicht, andere meinten, die Photos seien eine Zumutung für die Leser, dritte schlugen vor, sie exklusiv an überregionale Medien zu verkaufen. Die Nahaufnahmen wurden mehrheitlich verworfen. Es wurde ein Photo ausgewählt, das Amandus Abendroth später mit der eigenen Kamera vom Deich geschossen hatte. Es sollte die Bildunterschrift erhalten: „Kripo bei der Spurensicherung am Geversdorfer Hafen". Die Schlagzeile des Berichtes von Amandus Abendroth sollte lauten: „Unbekannter Toter auf Oste-Fähre".

Da die Zeit wie immer drängte, verteilte Redaktionsleiter Hermann Karsten kurz die anstehenden Aufgaben. Er hatte figürliche Ähnlichkeit mit dem Technikleiter, erinnerte aber aufgrund des ausgedehnteren Leibesumfangs noch mehr an einen dynamischen Buddha.

„Amandus bleibt an der Geversdorfer Geschichte dran. Halte auch Kontakt zur Polizei. Die bunte Geschichte mit dem Mittelaltermarkt in Bederkesa bleibt klar. Was macht dein Kommentar zu ehrenamtlicher Arbeit und Politikverdrossenheit?" Der Redaktionsleiter war einer der wenigen, der ihn gelegentlich mit seinem vollständigen Vornamen ansprach. Für die meisten anderen war er schlicht Mandus.

„Schaff ich bis zum Tag des Ehrenamts, wie geplant. Falls die Fährengeschichte mich nicht überrollt. Wird aber nicht kuschelig, der Kommentar."

„In Ordnung. Bleib sachlich und überparteilich. Und vergiß den Termin beim SPD-Ortsverein nicht. Kann spannend werden. Ich muß zu einem Termin auf dem Fliegerhorst des Marinefliegergeschwaders 3 in Nordholz. Der Kommodore gibt einen Empfang für den Marineinspekteur in der Offiziersmesse. Eberhard macht Chef vom Dienst und behält alles unter Kontrolle."

Amandus Abendroth sah es als Anerkennung, daß er stärker in die Redaktionsarbeit einbezogen wurde, als bei freien Mitarbeitern üblich. Ihm wurden auch wichtige und aktuelle Themen zugeteilt und nicht nur sogenannte Geschichten von ewiger Schönheit, die zeitlich geschoben werden konnten. Aber warum konnte der Chefredakteur die Spitzen nicht lassen?

Vor Jahren hatte Amandus ihm mitgeteilt, daß er gefragt worden wäre, ob er nicht als Unabhängiger auf der SPD-Liste mit für den Gemeinderat kandidieren wolle. Er war immer für neue Erfahrungen offen und konnte sich das vorstellen. Außerdem wurde so ziemlich jeder von allen Parteien gefragt, da immer Kandidaten fehlten. Hermann Karsten hatte ihm unmißverständlich zu verstehen gegeben, daß er das gerne machen könne, aber dann als freier Mitarbeiter kaum noch einsetzbar wäre. Insbesondere in der Berichterstattung über Lokalpolitik wäre er dann befangen und nicht mehr unabhängig.

Wie hatte er sich damals geärgert, aber inzwischen wußte er, daß der alte Pressefuchs recht hatte. Als Journalist und Autor mußte man frei im Kopf und formal unabhängig sein, gerade bei den zahlreichen ländlichen Verbandelungen, denen man kaum entgehen konnte. Unwillkürlich ging ihm der Satz über die SPD-Presse durch den Kopf: „Wenn Genossen über Genossen schreiben, daß sie gute Genossen sind, interessiert das noch nicht mal mehr Genossen".

Andererseits war der Oste-Kurier nicht gerade ein Hort des investigativen Journalismus, der eigenständig und beharrlich recherchierte. Dazu war die Redaktion zu klein und die Termine waren zu zahlreich. Häufig genug wurden Berichte mit dem Autorenkürzel (OK) veröffentlicht, was bedeutete, daß er von keinem Redaktionsmitglied stammte. Inzwischen hatte jeder ländliche Verband einen Pressereferenten, der Pressemitteilungen einreichte. Und bei Kürzungen oder Nichtveröffentlichung schimpfte jede Organisation, daß der Oste-Kurier gerade ihre wichtigen Mitteilungen unterdrücken würde. Andere Leser maulten, daß jede langweilige Verbandsmitteilung gedruckt wurde. Aber Vereins- und Verbandsmitglieder waren auch Abonnenten. Kundentreue herstellen war legitim.

Abrupt beendete er diese gedanklichen Abschweifungen, denn es gab genug zu tun. Er fuhr mit seinem zwanzig Jahre alten nachtgrünen Mercedes 200 D durch das Otterndorfer Gewerbegebiet zur B 73. Kurz davor hielt er an dem Bürofachgeschäft und kaufte neue Patronen für den mobilen Drucker seines Laptops. Den Ausdruck Notebook konnte er sich nicht angewöhnen.

5

Fritjof Martens fuhr in Richtung der Deichlücke. Kurz bevor er sie passierte, warf er einen Blick nach rechts die Deichstraße hinunter. Auf der Deichkrone sah er die rostige Außenwand der Werft, sie war mehr als fünfzig Meter lang und bestimmt fünf Meter hoch. Er parkte seinen Dienstwagen mit den Polizeiemblemen direkt vor dem Oste-Ufer neben der hohen Hecke, die den Einblick auf das Werftgelände verwehrte. Er stieg aus, legte den Kopf langsam in den Nacken und ließ den Blick am Kran hinaufwandern. Mehrere Etagen darüber zogen weiße Schäfchenwolken am blauen Himmel in seine Richtung. Dieses Lichtspiel erzeugte den Eindruck, als würde der Kran sich langsam auf ihn senken. Er trat rasch einige Schritte zur Seite.

Er klingelte zum dritten Mal an der Haustür des Wohnhauses, das sich an die Werft anschloß. Die Eingangstür befand sich zum Hafen hin, so daß man das Werftgelände nicht betreten mußte. Die Tür öffnete sich, und er sah sich einer attraktiven Farbigen gegenüber. Sie trug einen hellblauen Jeansanzug, darunter ein weißes Top, welches phantastisch mit ihrer Hautfarbe kontrastierte. Die Nase war fein und schmal, die Lippen waren voll und schön geformt. Sie konnte zwischen zwanzig und dreißig sein, vielleicht Mitte zwanzig, obwohl Fritjof Martens nicht bewußt schätzte.

„Hello, do you speak English? Mein Deutsch ist nicht gut", begrüßte die junge Frau Fritjof.

Er fand seine Sprache wieder. „A little bit, aber Ihr Deutsch klingt gut." Er kam zur Sache. „Ich bin von der Polizei. Ich möchte den Hausbewohnern einige Fragen stellen."

„One moment, please. Ich hole John, meinen Mann." Sie schloß die Tür. Nach etwa drei Minuten öffnete ein kräftiger Mann, fast so groß wie Fritjof. Er trug einen legeren beigen Baumwollanzug, darunter ein rotes Polohemd. Die schwarzen Haare hatte er in Wellen zurückgekämmt, darunter sah man dichte Augenbrauen. Er war gebräunt, aber ein Weißer und einige Jährchen älter als seine Frau.

Fritjof wiederholte sein Anliegen.

„Ein paar Fragen? Aber gern doch, wenn wir sie beantworten können." Der Mann schien bemüht, nicht anecken zu wollen. Möglicherweise war es aber auch seine Art.

„Darf ich vielleicht einen Moment hereinkommen? Nicht so zwischen Tür und Angel."

Der Türöffner zögerte einen ganz kurzen Augenblick. „Aber natürlich . Kommen Sie!"

Er führte Fritjof ins Wohnzimmer, dessen Möbel aussahen, als stammten sie noch vom Gründer der Werft. Die schwarze Schöne hatte sich in einem grünlichen Plüschsessel niedergelassen und elegant die Beine übereinandergeschlagen. Ihm wurde das dazugehörige Sofa angeboten, der Hausherr nahm sich einen Stuhl.

„Darf ich Ihnen etwas zu trinken anbieten? Kaffee, Wasser, Saft, was Sie wünschen?"

„Nein danke. Wie Sie wahrscheinlich wissen, wurde heute morgen ein Toter auf der Fähre gefunden. Haben Sie heute nacht oder heute morgen etwas Auffälliges bemerkt?"

„Natürlich die Feier. Sie hat mich bei meiner Büroarbeit gestört. Gegen zwölf habe ich mich mit Ohrstöpseln schlafen gelegt. Aber ansonsten? Nein, nichts. Tut mir leid."

„Und Sie?" richtete er seinen Blick zum Plüschsessel.

„Die laute Party, ja. Im Badezimmer war es ruhiger. Deshalb habe ich zum Relaxen ein Schaumbad genommen und bin ins Bett gegangen. Kurz vor meinem Mann." Sie schlug die schlanken Beine mit den roten Pumps anders herum übereinander und blickte ihn aus ihren braunen Augen lange an. Er senkte seinen Blick.

„Schade", meinte Fritjof. Und weiter: „Ich habe Ihren Namen gar nicht an der Tür gesehen. Sie wohnen wohl noch nicht lange hier?"

„Vor drei Monaten habe ich die Werft gekauft. Sie war günstig zu haben, wie fast alles hier. Ich will sie wieder in Schwung bringen. Hauptsächlich für hochseetüchtige Yachten, aber das braucht eine Anlaufzeit. Mein Name ist Horst Kowalski, aber alle nennen mich John. Und das ist meine Frau Jacqueline. Sie stammt aus Äthiopien."

„Entschuldigen Sie meine Neugier. Aber was haben Sie vorher gemacht?"

„Ich habe weit über zwanzig Jahre in Afrika gelebt und gearbeitet. Import und Export, was ich hier ebenfalls aufbaue. Aber nun möchte ich in Deutschland seßhaft werden. Besser gesagt wir."

„Das war es schon. Fast. Ich muß Ihnen noch ein Photo zeigen. Nicht besonders schön. Haben Sie diesen Mann schon einmal gesehen?"

Beide betrachteten das Photo. Horst Kowalski nur kurz durch eine auf- und abgesetzte Lesebrille, seine

Frau wesentlich länger. Aber die Antworten waren gleich. „Sorry, noch nie gesehen."
„Kann man nichts machen. Oh pardon, ich bin Hauptkommissar Martens. Falls ich noch eine Frage habe, komme ich noch mal vorbei."
„Aber gern", tönte es angenehm aus den verführerischen Lippen unter den braunen Augen, was ihr Mann an charmanter Bestätigung noch übertraf, obwohl dieser hoffte, daß es nicht nötig sein würde.

Auf der Rückfahrt nach Cadenberge konnte Hauptkommissar Martens das Gefühl nicht loswerden, daß John und Jacqueline Kowalski nicht auf eine rostige Werft paßten. Aber er drängte dieses Gefühl zurück. Nur weil sie Afrikanerin war und er kein Einheimischer, wollte er keine Vorurteile aufkommen lassen.

Wenn er den kurzen, heftigen Wortwechsel nach seinem Verlassen des Werfthauses gehört hätte, wäre er doch nachdenklicher geworden, allerdings ohne einen Hinweis auf das zu ermittelnde Delikt zu erhalten. John Kowalski war da gar nicht mehr freundlich zu seiner Gattin gewesen: „Hast du noch alle Tassen im Schrank! Den Bullen anzuflirten. Ich will hier meine Ruhe haben. Ich hab dich nicht aus dem Legionärsbordell rausgeholt, damit du hier deine Anmachtechniken vorführst. Jedenfalls nicht bei anderen Männern. Und schon gar nicht bei Bullen!"

„Erstens war das Corne de l'Afrique ein Etablissement de Luxe, und zweitens warst du dort special guest", gab sie spitz zurück.

6

Amandus Abendroth hatte gegen Mittag einen kleinen Abstecher nach Duhnen gemacht, um zumindest kurz die geliebte Nordseeluft zu schnuppern. Sein Temperaturanzeiger bewegte sich seit längerem beharrlich im roten Bereich, und er hatte die freie Werkstatt hinter dem Cuxhavener Autobahnkreisel aufgesucht. Dort hatte er seinen Benz vor vielen Jahren bereits gebraucht gekauft, aber seitdem waren die erneuten Verkaufsversuche an ihm abgeprallt. Der Inhaber freute sich aber auch über einen treuen Reparaturkunden. Beim Strandspaziergang hielt er am Anfang des Weges von Duhnen nach Sahlenburg an. Er sah einen schwarz-blauen Benz neuerer Bauart auf den Parkplatz des Hauses Wattenkieker einbiegen. Ein Paar stieg aus und verschwand sofort im Eingang des strandnahen, großen Appartementbaus. Sieh mal an, dachte er, der SPD-Bundestagsabgeordnete Dr. Marco Hoffmann und eine junge Schönheit von der Kreisverwaltung, die auch als natürliches Model im Business-Look durchgehen könnte. Nette Geschichte, wenn es denn eine ist. Leider nicht zur Veröffentlichung geeignet, doch wert, im Hinterkopf behalten zu werden.

    Marco Hoffmann und Teresa Holtland verließen den Fahrstuhl im dritten Stock. Teresa schloß die gegenüberliegende Tür der Ferienwohnung auf. Sie hatte die Wohnung vor drei Jahren von einer Erbschaft gekauft, um sie zu vermieten. Seit sechs Monaten wies sie die Verwaltung häufiger an, das Feriendomizil zur Selbstnutzung freizuhalten. Auf die Einnahmen war sie nicht unbedingt angewiesen. Als Ausgleich mietete

Marco Hoffmann die Wohnung trotzdem gelegentlich direkt von der Eigentümerin, ohne Banküberweisung.

Gleich im Flur verschmolzen beide in voller Kleidung und gaben sich einen langen, leidenschaftlichen Kuß. Dieses Nicht-voneinander-lassen-können zog sie trotz aller Hindernisse immer wieder an – und aus.

Vor sieben Monaten hatte Dr. Marco Hoffmann an einer der üblichen Veranstaltungen im Cuxhavener Kreishaus teilgenommen. Der Nautische Verein oder die Seefahrtsschule, er wußte es nicht mehr genau, hatten gemeinsam mit der Spitze des Landkreises eingeladen. Der CDU-Landrat sprach kurz Hochdeutsch und verfiel dann, jeder wartete schon darauf, ins Plattdeutsche. Wohlmeinende mochten das, Spötter meinten, es wäre auch besser, daß nicht mehr alles verstanden würde. Er redete, wie üblich, hauptsächlich vom siebzehnten Bundesland, denn der Landkreis Cuxhaven wäre flächenmäßig so groß wie das Saarland. Man wartete nun immer darauf, daß der Landrat sich anschließend folgerichtig zum siebzehnten Ministerpräsidenten der deutschen Bundesländer ausrief. Auf Plattdeutsch natürlich.

Es folgten die üblichen Begrüßungen und vielfältiger Dank von allen Beteiligten an alle Ehrengäste und umgekehrt. Cuxhavener Nachrichten, Nordsee-Zeitung, Elbe-Weser-Aktuell und Oste-Kurier schrieben mit und photographierten. Damit war das Wichtigste erledigt. Beim Festredner, einem Kapitän auf großer Fahrt, blickten die Küsten-VIPs bereits auf die Uhr. Beim anschließenden Büfett in der Kantine des Kreishauses stand Dr. Hoffmann in der Schlange an. Er hatte dunkle Haare mit grauen Schläfen, trug eine gegenwärtig modische randlose Brille, einen gepflegten melierten Bart. Mit dem anthrazitgrauen Anzug und der roten Krawatte, die über dem Bauchansatz nicht wie ein Lot herabhing, fühlte er sich souverän und seriös. Er nahm sich verschiedene Salate und erblickte in der Schlange hinter sich eine auffallend hübsche junge Frau mit halblangen, kastanienbraunen Haaren, die sich ihren Teller weniger zurückhaltend füllte. Sie wirkte auf ihn unwillkürlich wie eine Studentin in der Mensa, war vielleicht eine Studierende im Praktikum.

„Ich habe mir selber eine Reduktionskost verordnet", deutete er auf seinen Bauch.

Ihr Blick wanderte an seinen 1,82 auf und ab. „Gute Idee", befand sie spöttisch.

Sie war attraktiv und frech. Das gefiel ihm und zog ihn unwiderstehlich an. Er lud sie ein, gemeinsam einen Tisch zu suchen. Sie nahm ohne Zögern an: „Sehr gern", blickte sie ihn etwas länger als notwendig aus ihren braunen Augen an.

Das Schicksal nahm recht schnell und zielstrebig seinen Lauf. Natürlich mußte das Verhältnis geheim bleiben. Das war besser für seine Ehe, aber auch für ihre. Sie war zwar seit längerem trennungsbereit, aber bisher fehlte der Auslöser für den Ausstieg aus der zähen Gewöhnung. Als zügig aufgestiegene junge Amtsrätin, war sie auch kein Versorgungsfall.

Nachdem sie ihre brennende Leidenschaft im Schlafzimmer der Ferienwohnung beruhigt hatten, saßen sie noch einen Moment in den Landhausmöbeln des Wohnraumes. „Ich muß heute noch nicht so früh zurück im Kreishaus sein, ich habe noch einen Zahnarzttermin gemeldet." Sie deutete lächelnd auf ihren geöffneten Mund, der nur makellos weiße Zähne zeigte.

„Hör mal zu", wurde Marco Hoffmann ernst. „Du mußt mir helfen."

„Klaro, wie denn?"

„Ein alter Bekannter aus Afrika ist aufgetaucht. Kein Freund. Er kann mir gefährlich werden. Wenn ich ihm neue Ausweispapiere beschaffe, bleibt er ruhig. Er will echte, keine gefälschten. Das müßtest du doch hinkriegen?!"

„Bei aller Zuneigung. Du spinnst wohl!" richtete sich das Temperament der Geliebten gegen ihn. „Ich setze doch nicht meinen Beamtenstatus aufs Spiel. – Worum geht's überhaupt?"

Er erläuterte ihr kurz die Gefahrenlage, sagte aber nicht alles. Das konnte er nicht. Er wollte sie nicht verlieren. Dann lockte er. Und er wußte womit.

„Wenn du dich scheiden läßt, laß ich mich auch scheiden. Und wenn der Typ ruhig bleibt, ich mein Mandat wieder hole und Gerd mit Joschka es schafft, kann ich vielleicht Parlamentarischer Staatssekretär oder Staatsminister werden. Das wäre auch eine nette Gehaltserhöhung mit Abgeordnetendiäten und steuerfreier Kostenpauschale, zusammen wohl zwischen dreißig- und fünfunddreißigtausend im Monat. Und dann hol ich dich ins Ministerium, wo du ein paar Stufen hochsteigen kannst. Zur Not geht das auch als Fraktions- oder Ausschußmitarbeiterin. Dafür kannst du dich hier beurlauben lassen."

„Das kannst du vergessen. Nicht über die Ausweispapiere." Sie schaute ihn einen Moment an. Warum wollte sie ihn nur so unbedingt? „Auf der anderen

Seite wäre ein Neuanfang nicht schlecht. Ich denk darüber nach. Aber mach dir nicht zuviel Hoffnung."

Sie küßte ihn zum Abschied zärtlich auf den Mund. „Sei vorsichtig. Du wirst noch gebraucht."

„Du auch", hob er aufmunternd den Kopf und streichelte mit dem rechten Zeigefinger leicht über ihre Wange.

7

Amandus Abendroth und Rolf Mählmann hatten die Fischplatte an einem Ecktisch im Oste-Krug genossen. Und sie waren satt geworden. Die zweite Flasche Grauburgunder ging bereits zur Neige, und sie hatten sich ausführlich über den Oste-Kurier, Kommunalpolitik, Privates und den neuesten Dorfklatsch ausgetauscht. Mit den Worten „die Biologie" stand Amandus auf und machte sich auf den Weg zur Toilette. Rolf Mählmann nickte verständnisvoll.

Es war ein etwas längerer Weg an der leeren Garderobe im Flur vorbei, da die Örtlichkeiten gleichzeitig zur Oste-Halle gehörten. Alles war in einem Gebäude mit dem Feuerwehrhaus am anderen Ende. Hier fand das gesellschaftliche Leben des Dorfes statt, je nach Gästezahl in der Gaststätte, dem kleinen oder großen Saal. Es gab das Schützenfest, Hochzeiten, Kaffeetafeln nach Beerdigungen, den Feuerwehrball, Sport und Kulturereignisse wie Laientheater – oder Bauer Piepenbrink trieb mit seinen trockenen Witzen und Pointen den Zuhörern die Tränen in die Augen. An Ausgelassenheit wurde Piepenbrink nur noch von den drei tollen Tagen im Februar übertroffen, mit Rosenmontag als Höhepunkt. Dann feierten doppelt so viele Menschen im Saal, wie der Ort Einwohner hatte. Nicht nur Lokalpatrioten vertraten die Auffassung, daß die Kostümierungen phantasievoller ausfielen und die Stimmung besser wäre als im rheinischen Karneval.

Bei Amandus' Rückkehr war Rolf Mählmann in ein Gespräch mit einem Sportkameraden vertieft, der sich mit seinem Bier an den Ecktisch gesetzt hatte. Er beschied Amandus: „Kleinen Moment noch, Mandus. Wir sind gleich fertig."

Was hier um diese Zeit ein dehnbarer Begriff war. Die beiden wollten über die Bespielbarkeit des Oste-Stadions reden, welches vor dem Oste-Krug und der Oste-Halle lag. Der Begriff Stadion war ein sehr ehrgeiziger Name, auch wenn der dörfliche Fußballplatz durch ein großes Schild als solches ausgewiesen war. Es waren keine Bahnen für Laufwettbewerbe vorhanden, es gab keine Tribünen mit Sitzplätzen, und ein Punktspiel der Bundesliga um die Deutsche Meisterschaft würde in diesem Stadion sicher nie stattfinden.

Amandus Abendroth war beim Anblick des neuen Stadionschildes vor einiger Zeit der Gedanke durch den Kopf gegangen, genau so hätte man an einer Dorfkapelle ein Schild mit der Aufschrift Dom anbringen können. Es sprach aber für den trockenen Humor und das Selbstbewußtsein des örtlichen Turn- und Sportvereins. Und schließlich mußte ein Dom kein pompöses Bauwerk sein, Hauptsache, es war der Sitz eines Bischofs. Und Fußball war die Hauptsache im Oste-Stadion. Manches Lokalderby zwischen Germania Cadenberge und dem TSV Geversdorf war spannender und wurde von den Stehplätzen am Spielfeldrand frenetischer angefeuert als ein Match des Hamburger Sportvereins gegen Werder Bremen.

Amandus stellte sich an die Theke und bestellte noch ein Glas Grauburgunder, was eher die Ausnahme war. Hier trank man Bier. Ganz in der Ecke neben dem grünen, flachen Schlitzkasten des Sparklubs entdeckte Mandus einen Biertrinker, den er nicht kannte. Er war groß, schlank, sehnig, sah durchtrainiert aus und trug einen millimeterkurzen Stoppelschnitt. Aus Neugier und Gesprächsseligkeit gesellte er sich zu ihm.

„Neu hier im Ort?" begann er das Gespräch.

„Ja", blickte der unbekannte Gast von seinem Bier auf. Er schien nicht gerade gesprächig zu sein.

„Auf Urlaub?" forschte er leutselig weiter.

„Nein."

„Und wo wohnen Sie hier im Ort?" Er hatte sich das übliche Abchecken der Dorfbewohner gegenüber Fremden angewöhnt.

„Auf der Werft." Nun wurde er interessierter.

„In dem Wohnhaus, das zur Werft gehört?"

„Nein. Auf der anderen Seite ist noch eine Wohnung." Er bestellte sich noch ein großes Bier und einen Korn. Amandus glaubte mal gehört zu haben, daß diese Wohnung früher vom Sozialamt angemietet worden war.

„Ich hab Sie noch nie hier gesehen. Sie gehen wohl nicht viel aus?"

„Stimmt. Ich bin lieber für mich. Aber heute mußte ich einfach mal raus." Er steckte sich eine Gauloises ohne Filter an.

„Arbeiten Sie hier in der Gegend?"

„Bis jetzt noch nichts gefunden. Manchmal helfe ich auf der Werft."

„Und wo kommen Sie her?"

„Ich hab vorher lange Zeit in Afrika gearbeitet."

Nun wurde Amandus hellhörig. „Das finde ich interessant. Und was haben Sie in Afrika gemacht?"

„Ich hab in der Entwicklungshilfe gearbeitet."

„Finde ich toll", meinte Amandus Abendroth. „Wollte ich früher auch mal machen. Wurde aber nichts. Mit welcher Organisation waren Sie denn in

Afrika? Deutscher Entwicklungsdienst, dem DED? Oder der Gesellschaft für Technische Zusammenarbeit, GTZ? Die machen ja fast das gleiche, zahlen aber besser", wußte er von seinen früheren Plänen.

„Nein. Eine französische Organisation."

„Oh, médecins sans frontières?" fiel Amandus dazu ein.

„Nein, aber so ähnlich. Mit denen hatten wir auch manchmal zu tun", blieb der Kurzhaarige vage. Amandus hatte den Eindruck, daß damit zunächst das Gespräch beendet sein sollte. Mit Beharrlichkeit gelang es ihm aber, daß sie sich noch einige Minuten über Afrika im allgemeinen unterhielten, bis Rolf Mählmann durch den Gastraum rief: „Wir sind fertig. Komm rüber, Mandus."

Während er zum Ecktisch wechselte, sah er, daß der Helfer der französischen Organisation austrank und zahlte. Beide winkten sich mit erhobener Hand zu. Merkwürdig, dachte er, daß ein Entwicklungshelfer Ausdrücke wie Kohlensäcke, Briketts und Raben fallen ließ, obwohl er sich jedes Mal sofort korrigiert und Afrikaner gesagt hatte. Lag es am Alkohol oder hatte er einen frustrierten Entwicklungshelfer vor sich gehabt, weil die Projekte mit den Partnern vor Ort nicht klappten? Trotzdem seltsam.

8

Karl Langner hatte sich lässig gegen einen Aktenschrank im funktional eingerichteten Büro der Polizeidienststelle gelehnt. Heiner Drewes und Fritjof Martens hatten es sich auf ihren jeweiligen Drehstühlen an ihren Schreibtischen bequem gemacht. Fritjof gab seinen Bericht über Anliegerbefragungen ab und beendete ihn mit einem vorläufigen Gedächtnisprotokoll seines Besuches auf der Werft. Nun forderte der Hauptkommissar des 1. Fachkommissariates des Zentralen Kriminaldienstes Cuxhaven seinen Kollegen Heiner Drewes auf, über seine Ermittlungen zu berichten.

„Ich habe über den Bürgermeister und den Präsidenten des Schützenvereins den letzten harten Kern an der Bratwurstbude und dem Bierstand ermittelt und in den Oste-Krug bestellt. Auch den Würstchenverkäufer aus dem Nachbarort, der seinen Stand noch in der Nacht abgebaut und abgefahren hatte. Und das Schankpersonal des Bierstandes. Das war gar nicht so schwierig, da sich alle kennen. Außerdem ist es dort Usus, nach dem Schützenfest einen Urlaubstag zu nehmen. Einige waren auch schon beim Abschmücken in der Oste-Halle."

„Und? Gab es besondere Beobachtungen? Insbesondere hinsichtlich der Fähre?"

„Eigentlich nicht", fuhr Heiner fort. „Gegen Mitternacht gab es den Beginn einer Schlägerei, die aber von den Besonneneren sofort im Keim erstickt wurde. Auslöser war ein polizeibekannter Schläger, der aber aus einem anderen Ort stammt. Er wollte drei schwarze Asylbewerber provozieren, die mit dem Fahrrad aus Cadenberge gekommen waren, um sich das Feuerspektakel auf der Oste anzusehen. Er soll ihnen zugerufen haben ‚unsere Hühner treten wir selber', obwohl die drei nach Aussagen der anderen Zeugen dafür keinen Anlaß geboten und das wahrscheinlich auch gar nicht verstanden haben."

„Die Leute hier", fuhr Heiner nach einem Schluck Kaffee fort, „sind ja insgesamt weltoffen und tolerant. Schon durch die Seefahrt. Und es ist weiter nichts passiert."

Fritjof Martens schluckte eine zynische Bemerkung runter. Sie paßte nicht hierher. Mit Heiner allein, hätte er sie sich wohl nicht verkneifen können. Er erinnerte sich daran, wie Heiner zu Zeiten der Asyldebatte am Stand seiner Partei vor dem Marktkaufeingang mit Passanten diskutierte. Das konnte er gut. Fritjof hatte am Stand seiner Partei direkt daneben gestanden. Heiner hatte sich mit dem Vertreter einer regionalen Flüchtlingshilfsorganisation ein hitziges Wortgefecht geliefert. Er hörte Heiner noch verkünden, daß das Boot voll wäre und die meisten Asylanten gar keine echten wären, da über neunzig Prozent abgelehnt würden. Da hatte Heiner die Vorgaben seines damaligen Generalsekretärs Volker Rühe doch folgerichtig umgesetzt, nämlich die Asyldebatte bis ins letzte Dorfparlament zu tragen.

Der Flüchtlingshelfer, rhetorisch auch nicht schlecht, hatte dagegen gehalten, daß zwei Drittel der hier Abgelehnten aber Flüchtlinge nach der Genfer Flüchtlingskonvention wären. Und der Begriff Asylant juristisch falsch und diskriminierend wäre, weil er sprachlich die gleichen negativen Assoziationen wie Simulant und Querulant hervorrufen sollte. Man könnte sich doch auf Flüchtlinge verständigen, wie auch in Heiner Drewes' Partei gerne diejenigen bezeichnet wurden, die durch ihre Flucht die Überlegenheit des westlichen Systems gegenüber demjenigen hinter dem Eisernen Vorhang bestätigten. Natürlich konnten sie sich nicht einigen, versicherten sich aber am Ende, daß ihre politischen Breitseiten nicht persönlich gemeint wären, wie man das hier so machte. Häufig mit der geballten Faust in der Tasche, aber die äußere Form blieb gewahrt.

Fritjof erinnerte sich weiter, wie dieser Flüchtlingshelfer einige Zeit später auf ihrer Dienststelle erschienen war, um den Erhalt rechtsradikaler Drohbriefe und Anrufe anzuzeigen. Natürlich alle anonym. Heiner hatte mit ihm zunächst ausführlich darüber diskutiert, ob er nicht selber Schuld hätte, wenn er sich mit Stellungnahmen so aus dem Fenster lehnte und diese auch noch im Oste-Kurier veröffentlicht würden. Natürlich nahm Heiner dann die Anzeige auf. Sie wurde an den Staatsschutz weitergeleitet. Nach einer gewissen Schamfrist stellte die Staatsanwaltschaft Stade das Verfahren ein, weil kein Täter ermittelt werden konnte. Wie üblich.

„Wann war die Schützenparty denn nun endgültig beendet?" wollte Karl Langner von Heiner wissen.

„Alle sagen übereinstimmend aus, daß gegen drei Uhr Schluß gewesen sei. Jedenfalls sagen diejenigen das, die sich noch erinnern können. Das wird auch vom nüchternen Personal des Schankwagens und der Bratwurstbude bestätigt. Der harte Kern ist dann zum Leutnant nach Hause gezogen, wo Spiegeleier gebraten wurden und man weiterfeierte. Aber das war am anderen Dorfende."

„Und wurde irgend etwas auf oder in der Nähe der Fähre beobachtet?" fragte der Kripomann weiter.

„Nein, nichts. Alles wie immer. Es wurden keine besonderen Vorkommnisse bemerkt."

„Dann können wir also festhalten", faßte Karl Langner zusammen, „daß die Tat zwischen drei Uhr morgens und sechs Uhr fünfzig begangen worden sein muß. Um die Zeit hat Amandus Abendroth den Toten gefunden. Jedenfalls trifft das zu, wenn der Fundort auch der Tatort ist. Das vermuten wir zwar, aber es ist noch keine gesicherte Tatsache."

Er nahm sich ebenfalls eine Tasse und goß sich Kaffee aus der Warmhaltekanne ein. Seine Suche nach Milch und Zucker blieb erfolglos. Fritjof und Heiner tranken den Kaffee schwarz. Heiner aus Überzeugung, wie er gelegentlich scherzhaft mitteilte, Fritjof, weil er in guter körperlicher Verfassung bleiben wollte.

„Ich habe", informierte Karl Langner nun seinerseits die Kollegen, „inzwischen nachgeforscht, ob eine Vermißtenanzeige vorliegt, auf welche die Opferbeschreibung zutrifft. Leider war kein Treffer dabei. Es bleibt also weiterhin vordringlich, die Identität des Toten festzustellen. Von Tathergang, Täter und Motiv ist in diesem Stadium der Ermittlung erst mal gar nicht zu reden."

„Wie verhalten wir uns", warf Heiner Drewes eine weitere Frage auf, „wenn wir von der Presse auf den Fall angesprochen werden?"

„Ist doch klar, Heiner", glaubte Fritjof Martens die ernste Dienstbesprechung ein wenig auflockern zu müssen. „Als erstes läßt du dich von deiner photogenen Seite photographieren."

„Geschenkt", gab Heiner zurück. „Außerdem habe ich nur gute Seiten."

„Meine Herren", nahm Karl Langner den Faden wieder auf und hob dabei beide Handflächen in Richtung seiner Kollegen. „Ich halte den offiziellen Kontakt zur Presse. Es ist natürlich möglich, daß ihr auch angesprochen werdet. Wir sind grundsätzlich kooperativ. Die Presse ist es in der Regel auch, weil wir uns gegenseitig brauchen. Aber wir geben nichts raus, was nur der Täter wissen und die Ermittlungen gefährden könnte."

„Damit können wir ja noch nicht in allzu große Verlegenheit kommen", kommentierte Fritjof Martens ironisch die Ausführungen des Kripobeamten.

9

Amandus Abendroth hatte die Vergrößerungen der Photos auf seinem Schreibtisch im ausgebauten Dachgeschoß seines Wohnhauses ausgebreitet. Aus dem Fenster konnte er über den Deich auf die vorbeigleitenden Segler auf der Oste blicken. Auch der kleine Ausflugsdampfer Mocambo zog mit kleiner Bugwelle in Richtung Oste-Mündung davon. Ein schöner Aussichtsplatz, hin und wieder zu schön zum Arbeiten.

Anke Tiedemann kam mit einem Tablett die Treppe herauf und stellte es auf einem kleinen Tischchen neben seinem Arbeitsplatz ab. „Eine Kanne Tee, damit du beim Arbeiten nicht einschläfst und deine Gedanken sprühen."

„Danke, das ist nett."

„Na, hast du eine Photosession für dein Käseblatt hinter dir", neckte sie ein wenig und schien zu einem kleinen Schnack mit ihm aufgelegt.

Er mochte diese Schnacks mit ihr, denn die alleinerziehende Frau war eine sympathische und patente Person. Sie füllte auch die weibliche Lücke in seinem Haus, zumindest gelegentlich. Auf den dritten Blick hatte er kürzlich bemerkt, daß sie auch eine ganz reizvolle Ausstrahlung hatte und recht anziehend aussah. Das war, als er sie vor einigen Wochen das erste Mal ohne ihre Endreinigungsmontur im Café Alt Neuhaus getroffen hatte.

Bei dieser Gelegenheit hatten sie sich auch das erste Mal über weltbewegende und näherliegende Themen unterhalten, die über Bettenwechsel und Frühstücksservice hinausgingen. Er war überrascht, daß sie ausgebildete Biologielehrerin war, aber jetzt halbtags im Natur- und Freilichtmuseum Natureum an der Ostemündung arbeitete. Bei ihm verdiente sie sich etwas dazu, damit sie sich und ihren beiden Kindern mal einen Urlaub oder etwas außer der Reihe leisten konnte.

„Ja, das hab ich", besann sich Amandus auf ihre Frage. Seltsamer Fall, dieser Tote auf der Fähre. Sei mir nicht böse", fügte er entschuldigend hinzu, „aber ich muß jetzt arbeiten." Das journalistische Jagdfieber war längst in ihm erwacht und ließ ihn nicht mehr los, obwohl es nur ein Gefühl war, das ihn trieb.

„Na gut, wenn du Wichtigeres zu tun hast, als dich mit deiner Angestellten zu unterhalten, muß ich das ja akzeptieren", erwiderte sie halb die Beleidigte spielend, halb seine Arbeit mit einem freundlichen Blick würdigend.

„Wenn ich wieder etwas mehr Zeit habe", setzte er schnell hinzu, „bereite ich etwas Köstliches im Backofen oder im Römertopf zu. Und dazu eine schöne Flasche Châteauneuf du Pape. Als Arbeitsessen. Wie wärs?"

„Hört sich gut an. Man soll seinen Chef wohl besser nicht verärgern", wandte sie sich der Treppe zu.

Amandus Abendroth nahm nun eine Lupe zur Hand und suchte alle Hochglanzabzüge akribisch ab. Beim vorletzten Photo, das er mit der Kamera seines Angelgastes geschossen hatte, stockte er. Es war aus etwas größerer Entfernung von der Fähre aufgenommen worden. Einige Meter vom alten Fährprahm entfernt fiel ihm etwas auf, was er nicht genau erkennen konnte. Irgendein Gegenstand hatte sich im tiefhängenden Zweig eines kräftigen Gebüsches am Uferabhang verfangen. Die Hälfte des Gegenstandes schien

45

sich unter Wasser zu befinden, der andere Teil war sichtbar. Es konnte sich um einen wild entsorgten Müllsack, eine Plastiktüte oder ein ähnliches Behältnis handeln. Wahrscheinlich ein unwichtiges Stück Treibgut, wie es öfter mal am Ufer hängenbleibt, dachte er. Falls es wirklich etwas Spannendes wäre, hätte es sicher die Spurensicherung der Kripo entdeckt und gesichert.

Nun nahm er sich die Photos vor, die er später vom Deich mit seiner eigenen Kamera gemacht hatte. Er suchte sie mit der Lupe auf diesen Gegenstand hin ab. Man konnte zwar das Ufergebüsch entdecken, aber nicht den Gegenstand. Vielleicht war er zu weit entfernt gewesen, da zu dieser Zeit die Polizei das Gelände um die Fähre bereits weiträumig abgesperrt hatte. Möglicherweise war es doch etwas Interessantes für den Fall gewesen, die Kripo hatte es entdeckt und mitgenommen. So einfach war es wahrscheinlich. Trotzdem grübelte er weiter.

Nach einigen Minuten nahm er die zwei Vergleichsphotos und stieg die Treppe hinab. In der geräumigen und gemütlichen Küche mit weiß-blauen Friesenkacheln an den Wänden gönnte sich Anke Tiedemann ebenfalls eine Tasse Tee. Er legte die Photos neben ihre Tasse auf den groben Holztisch und die Lupe daneben.

„Vielleicht sehe ich Gespenster. Aber warum kann man auf diesem Photo hier einen Gegenstand sehen, vielleicht eine Plastiktüte, und auf diesem nicht? Es ist doch die gleiche Stelle?"

Sie betrachtete die Photos aufmerksam. Dann noch einmal durch die Lupe. „Wann sind die Photos aufgenommen worden?" fragte sie ganz sachlich.

„Das linke am frühen Morgen und das rechte gegen Mittag, vielleicht früher Nachmittag."

„Dann ist die Sache doch ganz einfach", lächelte Anke Tiedemann. „Auf dem ersten Photo ist Niedrigwasser, beim zweiten Hochwasser. Ebbe und Flut. Das hätte dir doch jedes Kind von der Küste erklären können. Und du hättest dir vorhin weniger Arbeit machen müssen", stichelte sie etwas.

Er schlug sich mit der Hand vor die Stirn. „Genau. Wie peinlich."

„So klar nun auch wieder nicht", fügte sie nun wieder sachlich hinzu. „Wenn das Oste-Sperrwerk in Neuhaus geschlossen gewesen wäre, hätte es nicht diesen Gezeitenunterschied gegeben."

„Danke, Anke", erlöste er sich mit einem leicht spöttischen Lächeln von seinem eigenen Gedankenstreß und entfernte sich eilig mit den Photos. Sie mochte es, wenn er so aussah.

Ihm war klar, daß auch die Kripo nur Photos vom Tatort ohne diesen Gegenstand haben konnte. Er verließ das Haus und ging ohne Umschweife zum Ufer der Oste. Er fand das Gebüsch sofort, und nach kurzer Zeit hatte er vom tiefen, ausladenden Ast einen braunen Lederrucksack gefischt. Er hatte sich mit einem Schultergurt verfangen, der zweite war durchgerissen. Im heimischen Badezimmer öffnete er den Reißverschluß des durchnäßten Ledersäckchens und dachte, daß ein Stoffrucksack noch durchfeuchteter gewesen wäre.

Er war leer. Entweder hatte jemand das Gepäckstück unökologisch zur nassen Müllabfuhr gegeben, oder jemand hatte ihn ausgeräumt, ging es ihm durch den Kopf. Als er den Rucksack wendete, bemerkte er noch einen kleineren Reißverschluß auf der Rückseite. Darin fand er ein Schlüsselbund sowie eine durchsichtige Plastikhülle, in welche leider schon reichlich Ostewasser eingedrungen war. Er zog ein Papier heraus, einem alten Führerschein ähnlich. Nur stand oben aufgedruckt „Convention Travel ...". Mehr war nicht zu lesen. An der Rückseite klebten drei kleinere zusammenhängende Papierstückchen, Kinokarten ähnlich. Nach Fönbearbeitung und Lupendurchsicht ließ sich ansatzweise entziffern, daß es sich um Essensmarken der Uni-Oldenburg handeln mußte, alle Essen zwei.

10

Amandus Abendroth hatte seinen Wecker auf sechs Uhr gestellt, schlug mit seiner rechten Hand auf den roten Plastikquälgeist und drehte sich noch einmal um. Es hatte aber keinen Zweck, weil die Biologie nach der Nachtruhe drängte. Er duschte erst warm, dann kalt, zog sich die abgewetzte Jeans an und nahm die leichte hellbraune Lederjacke vom Haken. Im Winter wechselte er zur Jacke aus dickem schwarzen Leder. So fühlte er sich wohl, und er hielt es für leger.

Der Kommentar seiner Ex-Frau wäre gewesen, doch endlich mal wieder ein Herrenbekleidungsgeschäft aufzusuchen und sich etwas Schickes und Modisches zuzulegen. So etwas hatte er auch im Schrank, fand es dort aber zumeist besser aufgehoben. Allmählich hatte seine Frau die im Frühjahr und Herbst wechselnde Modekollektion akzeptiert, präziser ausgedrückt, sie hatte aufgegeben.

Er holte sein Fahrrad aus dem Schuppen. Amandus Abendroth fuhr zum Schulbuswartehäuschen und stellte vor dem mobilen Bäckerwagen sein Fahrrad ab. Hier war Gelegenheit zum ersten morgendlichen Klönschnack. Um diese Zeit allerdings nur kurz, denn die Frühkunden strebten zur Arbeit. Die Schüler, Hausfrauen und Rentner kamen etwas später.

Er kaufte zwei Mohnbrötchen, nahm noch ein Glas Erdbeermarmelade und abgepackten Scheibenkäse, den mit dem geringsten Fettgehalt, obwohl ihm bewußt war, daß dies bei seinen sonstigen Eßgewohnheiten auch nicht viel brachte, sowie Bildzeitung und Hamburger Morgenpost. Den Oste-Kurier brauchte er nicht zu kaufen.

Dann radelte er zwischen der Dorfkirche St. Andreas und Schlecker, dem einzig verbliebenen Geschäft im Ort, zurück. So richtig voll hatte er diese kommerzielle Neuansiedlung nach Schließung des Edeka-Marktes und der Sparkasse auch noch nie gesehen, aber die Massen sollten angeblich immer dann strömen, wenn er gerade nicht da war. Auf alle Fälle hoffte er, daß wenigstens dieser Laden dem Dorf noch lange erhalten bliebe, gleichgültig, ob die Kette solche Filialen für steuerliche Verluste benötigte oder ob tatsächlich Gewinn anfiel.

Nach dem Frühstück fuhr Amandus Abendroth mit dem alten Benz am Oste-Stadion vorbei, sah rechts das alte Dorfrathaus mit dem Heimatmuseum liegen und passierte dann den Friedhof. Dabei fiel ihm eine Teilnahme an einer Vorstandssitzung der Ortsgruppe des damaligen Reichsbundes ein, der inzwischen umbenannt worden war in Sozialverband Deutschland. Vor Eintritt in die Tagesordnung wurde seinerzeit ausführlich darüber diskutiert, wo man auf dem Friedhof am besten liegen würde. Jeder hatte für den Fall des Falles so seine Vorlieben, am Rand zur Weide hin oder möglichst dicht am Oste-Krug führten die Hitliste der Ewigkeit an.

Über Dingwörden fuhr er auf die B 73 in Richtung Cuxhaven. Als er den Nachbarort auf der Umgehungsstraße passierte, winkte er gedanklich kurz zum Café Alt Neuhaus im historischen Ortskern hinüber, seiner Lieblingskneipe neben dem Oste-Krug. Dort traf man immer jemanden zum Thekenschnack. In Belum lag linkerhand ein gelbes Klinkerhaus, das von einem Holzzaun umgeben war. Am Zaun waren rote Herzen angebracht, die um diese Tageszeit nicht leuchteten.

Auch das Rotlichtmilieu war in das ländliche Filialgeschäft eingestiegen. Kundennähe schien auch in diesem Gewerbe angestrebt zu werden, um die langen Wege in die Zentralen nach Hamburg, Bremerhaven und Bremen abzukürzen. Diese herzige Niederlassung machte von außen allerdings eher den Eindruck eines Schmuddelpuffs, für deren Besucher wohl höchster Notstand herrschen mußte.

Am Ortseingang von Otterndorf tankte er, und beim Bezahlen fiel ihm wieder auf, daß man mit einer Tankstelle im Ort keinen Gemischtwarenladen mehr brauchte. Allerdings war alles etwas teurer. Mit dem Kreisel in Cuxhaven begann oder endete die A 27, je nachdem, von welcher Seite man kam. Kurz hinter Bremerhaven nahm er die Abfahrt Stotel und steuerte auf den Fähranleger in Dedesdorf zu. Während der üblichen Wartezeit auf die Pendelfähre dachte er, daß es doch etwas zügiger vorangehen würde, wenn der Weser-Tunnel endlich fertiggestellt wäre. Andererseits liebte er diese Überfahrt, es war wie der Beginn eines Kurzurlaubes.

Nach der Tunnelfertigstellung konnte er aber bei Bedarf noch die südlichere Fähre in Sandstedt nehmen und über Golzwarden und Brake fahren, um wieder einmal den prächtigen Hof des Marschendichters Hermann Allmers in Rechtenfleth zu besuchen, dessen Leben er bewunderte. Dieser wohlhabende Bauernsohn reiste auf Goethes Spuren nach Italien, pflegte Freundschaften und Briefwechsel mit den interessantesten Personen seiner Zeit in ganz Europa, blieb bodenständig, hatte häufig Künstler zu Gast, die er opulent bewirtete und die zum Dank halfen, sein Heim zu einer gelungenen Stilmischung aus Marschenhof und italienischem Palazzo zu gestalten – Fresken und Wandgemälde im Marschensaal eingeschlossen. Solch ein Leben als Schreiberling, dachte Amandus Abendroth, könnte mir auch gefallen.

Nachdem er mit seinem Auto auf der Fähre eingewiesen worden war, stieg er aus, schloß ab und eilte zügig auf die kleine Fährkantine zu. Bei gutem Zeitmanagement konnte man während des zehnminütigen Übersetzens die Fährplatte, eine Zigarette und einen Toilettengang schaffen.

Amandus Abendroth bestellte die Fährplatte, und die Bedienung schob ihm eine Tasse Kaffe und eine Bockwurst über den Tresen. Der Fährmann kam herein und rief in die Runde: „Wer ist der grüne Mercedes?"

In der Regel wurde am Auto kassiert, aber für Fahrgäste, die das volle Fährprogramm absolvierten, wurde auch in der Kantine kassiert. Amandus hob kauend den Zeigefinger und zog sein Portemonnaie.

Zwischen Kleinensiel und Rodenkirchen passierte er das mächtige Kernkraftwerk, nahm die B 212 und bog in Brake auf die B 211 nach Oldenburg ein. Er durchfuhr Loy mit der Landesfeuerwehrschule, die auch bei den freiwilligen Feuerwehren im Lande Hadeln durch Fortbildungen gut bekannt war, und kam von dort direkt auf die Autobahn mit den zahlreichen Oldenburger Abfahrten. Er nahm die Abfahrt Haarentor und bog rechts in die Ammerländer Heerstraße ein.

Nach einigen hundert Metern erblickte er links über dem Hörsaalzentrum, welches kurz vor der Fertigstellung und Einweihung stand, den weißen Schriftzug „Carl-von-Ossietzky-Universität Oldenburg" auf blauem Untergrund. Darunter eine weiße Friedenstaube. Gegenüber fand er sofort einen Parkplatz zwischen dem im Bau befindlichen Öko-Zentrum und der Mensa. Er brauchte nicht einmal in das ungeliebte Parkhaus hineinfahren. Der Parkplatz erschien ihm merkwürdig leer.

Der Haupteingang zur Mensa und zur Bibliothek war geöffnet. Eine freundliche junge Frau hinter dem geöffneten Schiebefenster mit dem Hinweis „Information" darüber erklärte ihm den Weg zur Presseabteilung. Sie gab ihm sogar einen Lageplan der Universität mit, auf dem sie den Weg markiert hatte. Als Amandus Abendroth sich umblickte, sah er einen Wochenspeiseplan aushängen. Das Essen zwei war immer vegetarisch.

Er ging den Uhlhornsweg am Bauzaun des Öko-Zentrums entlang, überquerte an der Ampel die Ammerländer Heerstraße und betrat nach wenigen Schritten das Verwaltungsgebäude der Universität. Im vierten Stock residierten das Präsidium und die Presseabteilung. Hier hoffte er auf Verständnis für sein Anliegen. Klaus Tapken von der Presseabteilung bat ihn in sein Büro und hörte ihm geduldig zu. Er besah sich das Photo, kannte die Person aber nicht. Natürlich wollte er wissen, warum der Vertreter des Oste-Kuriers bei ihm wäre und nicht die Polizei.

Amandus Abendroth erzählte ihm von der Zusammenarbeit mit den Ermittlungsbehörden, aber auch von seiner Recherche nach einer möglichen Exklusiv-Story. Das verstand der gelernte Journalist auf der anderen Seite des Schreibtisches sehr wohl. Er hatte bei der Ostfriesen-Zeitung volontiert und anschließend bei der Nordwest-Zeitung gearbeitet. Ohne Namen oder Matrikelnummer konnte er Amandus aber niemanden in der Verwaltung nennen, der ihm weiterhelfen konnte.

„Jeder Journalist möchte einmal die große Exklusivgeschichte haben", sinnierte Tapken nachdenklich. „Ich möchte Ihnen gerne helfen, weiß aber nicht wie." Er überlegte einen Moment. „Nur vom Gefühl her. Versuchen Sie es doch einmal beim IBKM."

„IBKM? Was ist das?" fragte Amandus Abendroth.

„Oh, tut mir leid, unsere Abkürzungen. Institut für Bildung und Kommunikation in Migrationsprozessen." Er beschrieb ihm den Weg und zeichnete zusätzlich einen weiteren Pfeil auf den Lageplan. „Ach ja", fügte er hinzu, „ich weiß nicht, wen Sie antreffen werden, zur Zeit sind Semesterferien." Nun wurde Mandus einiges klarer, zumindest was die Parkplätze betraf. „Falls Sie weitere Fragen haben", schloß der Mitarbeiter der Presseabteilung, das Gespräch ab, „wenden Sie sich jederzeit an mich."

„Vielen Dank", erwiderte der Lokalreporter und registrierte diese Hochschule als freundlich und hilfsbereit. Er sprach diesen Gedanken auch aus, was wiederum der Mitarbeiter der universitären Presse- und Kommunikationsstelle mit Genugtuung entgegennahm.

Amandus Abendroth fuhr mit dem Fahrstuhl in den vierten Stock und stieg eine weitere Treppe hinauf. Im langgestreckten Flur war lediglich eine Studentin vor einem Aushang zu sehen, die er nach dem Sekretariat des IBKM fragte. Er klopfte. Als er niemanden antworten hörte, trat er ein.

„Sie sind Frau Vollmer, wie ich an der Tür gelesen habe?" fragte er die mit Akten beschäftigte dunkelblonde Frau von etwa Mitte dreißig.

„Bin ich. Kleinen Moment, sonst gerät mir alles durcheinander." Nach etwa zwei Minuten fragte sie: „Was kann ich für Sie tun?"

Amandus nannte seinen Namen und brachte sein Anliegen vor. Dann holte er das Photo hervor und fragte:

„Darf ich Ihnen ein Photo zeigen? Es ist nicht besonders schön. Mich würde interessieren, ob Sie den jungen Mann kennen?"

Zögernd nahm Helga Vollmer das Photo entgegen und betrachtete es. „Schrecklich. Vor kurzem war er noch in meinem Büro. Ein freundlicher und netter junger Mann. Entsetzlich. Ich kann es nicht glauben."

„Was können Sie mir über ihn sagen?"

„Er hat einen Schein von Professor Goldschmidt abgeholt. Er wirkte ganz fröhlich und sagte, daß nicht nur der Schein gut für seine Zukunft wäre. Als ich ihn fragte, was er damit meine, lachte er nur und wünschte mir angenehme Semesterferien."

„Ist Professor Goldschmidt zu sprechen? Das wäre wichtig."

„Leider nein. Er ist auf einem wissenschaftlichen Kongreß im Ausland."

„Pech für mich. Können Sie mir den Namen des Studenten mitteilen?"

„Nicht aus dem Kopf. Warten Sie einen Moment." Er wartete.

„Gebre Hailemariam Bekele. Von seinen Freunden, einer jungen Frau und einem etwa gleichaltrigen Mann, die mit ihm hier waren, wurde er nur Gabriel genannt."

„Waren das Studenten, die ihn besser kennen?"

„Ja, ich denke schon. Ich weiß, daß sich die beiden zur Zeit wegen eines Praktikums im Libanon aufhalten. Sie kehren erst zum Semesterbeginn nach Oldenburg zurück, was noch einige Zeit hin ist."

Mit Hilfe von Helga Vollmer, dem Pressereferenten und einer weiteren Verwaltungskraft hatte er bald nicht nur den Namen des Toten herausbekommen. Er war knapp zwanzig Jahre alt, geboren in Djibouti, hatte dort in der Ortschaft Ali Sabieh gelebt und bevor er nach Oldenburg kam ein Jahr an der American University in Kairo studiert.

Das war keine schlechte Recherche, dachte Amandus Abendroth. Er fühlte sich ein wenig wie der Bob Woodward von der Niederelbe, auch wenn der Oste-Kurier nicht ganz die Washington Post war.

11

Der Vorstand des SPD-Ortsvereins trudelte bis 19.30 Uhr zur Sitzung im Bürgerbüro ein. Die Autos der Vorstandsmitglieder parkten auf der Straße und einem kleinen Wiesenparkplatz gegenüber. Gemischter Fuhrpark, Mittelklassewagen, große Vans, auch einige mit dem Stern auf der Kühlerhaube waren darunter. Das gehörte aber zur Ausstrahlung solider Bodenständigkeit auf dem Lande dazu und wurde von kaum jemandem verübelt. Zum Schluß traf noch ein kleiner roter VW-Kombi ein, zwei hintere Seitenfenster waren beklebt mit DGB-Aufrufen.

Über dem Vorbau des Bürgerbüros prangte eine etwa fünfzig Zentimeter hohe Leuchtreklame mit den Buchstaben SPD. Vor der Tür standen noch einige Leute und rauchten, während der Sitzung herrschte seit einiger Zeit Rauchverbot. Hinter dem Schreibtisch und über dem Kopierer im Büro vor dem Sitzungsraum hingen Plakate von sozialdemokratischen Promis, die zu Veranstaltungen vor Ort gewesen waren, alle persönlich unterschrieben.

In der Mitte war ein großes, älteres Plakat von Gerd Schröder mit der unübersehbaren Aufschrift „Der neue Kopf für Niedersachsen" zu sehen. Jeder hier wußte um die doppelte Bedeutung des neunziger Wahlkampfslogans, denn der erste niedersächsische Ministerpräsident nach dem Zweiten Weltkrieg hieß Hinrich-Wilhelm Kopf, war Sozialdemokrat und stammte aus dem Nachbarort Neuenkirchen. Natürlich wünschte auch der inzwischen tatsächliche neue Kopf von Niedersachsen dem Ortsverein mit schwarzem Filzstift auf Rot alles Gute für die Zukunft. Hier gehörten alle zu den frogs, den friends of Gerhard Schröder.

Die Vorstandsmitglieder nahmen an den Tischen mit den grauen Plastikoberflächen Platz, die zu einer langen Reihe mit zwei Kopfenden aufgestellt waren. In der Mitte stand eine kleine SPD-Tischflagge, die große rote Traditionsfahne mit Kordeln und tragbarer Fahnenstange hing schräg an der Wand. Um die Tischflagge standen Gläser und Flaschen, Mineralwasser, Apfelsaft sowie Bier mit und ohne Alkohol. Dazwischen ein alter Zuckertopf aus weißem Porzellan mit verblaßten Goldstreifen, der Deckel daneben. Am Porzellantopf war mit Tesafilm ein kleines rechteckiges Stück Papier mit der Kugelschreiberaufschrift „Getränke" angeklebt. Nun klimperten einige Geldstücke hinein.

„Liebe Genossinnen und Genossen, Ruhe bitte", eröffnete der Vorsitzende Hermann Bäcker die Sitzung. „Ihr habt die Tagesordnung auf der Einladung, und wir beginnen mit den Regularien, TOP 1, die Begrüßung durch den Vorsitzenden habe ich gerade erledigt. Keine Einwände gegen die Tagesordnung. Dann Renate mit dem Protokoll. Ich möchte dir noch mal danken", wandte er sich an die Schriftführerin, „daß du dieses undankbare Amt übernommen hast, das so lange keiner haben wollte."

Das Protokoll der letzten Sitzung wurde verlesen. Alle gaben durch Kopfnicken ihr Einverständnis zu verstehen. Trotzdem wurde auf eine Meldung hin ausführlich darüber diskutiert, ob die Revisoren als unentschuldigt fehlend aufgeführt werden dürfen, da sie zwar die Einladungen erhielten, aber eigentlich nicht zum Vorstand gehörten. Da niemand eine Satzung zur

Hand hatte, wurde das Thema auf die nächste Sitzung vertagt.

„Der nächste Tagesordnungspunkt ist die Kandidatenaufstellungen für die Kommunalwahlen", fuhr der Vorsitzende am Kopfende fort. „Das Thema ist an mich herangetragen worden, weil es in der Mitte der Wahlperiode ruhiger besprochen werden kann. Wir haben zwar noch dringendere TOPs, aber bitte."

Nun begann eine eifrige Diskussion über Kriterien von Listenplätzen, darüber, daß alle sieben Gemeinden auf den ersten sieben Plätzen der Samtgemeinderatsliste plaziert werden müßten, ob dies nur die jeweiligen Bürgermeisterkandidaten sein sollten, ob kleinere Dörfer weiter vorn plaziert werden müßten, da die Wähler meist Kandidaten aus den eigenen Gemeinden wählen würden und somit Kandidaten aus größeren Orten immer besser abschneiden würden, und wie es nach den ersten sieben Plätzen weiter gehen sollte. Bemängelt wurde, daß immer diejenigen die besten Plätze erhielten, welche zur parteiinternen Kandidatenaufstellung die meisten Busse mit Karteileichen mobilisieren konnten.

„Und die Frauen auf den vorderen Plätzen nicht vergessen", meldete sich die Vorsitzende der Arbeitsgemeinschaft sozialdemokratischer Frauen, der AsF, zu Wort.

„Ist doch klar, Gerda", mischte sich der Vorsitzende wieder ein", daß wir die Quote einhalten. Wenn wir genügend Frauen finden, die kandidieren wollen", schränkte er aus Erfahrung ein.

„Es geht nicht nur um die Listenplätze", fuhr Gerda Meyer-Holzmann mit klarer Stimme fort. „Es geht auch darum, daß Frauen nach der Wahl in den

Samtgemeindeausschuß kommen, wo wichtige Entscheidungen gefällt werden." Damit stach sie in ein politisches Wespennest, denn jeder im Raum wußte, daß es für Mitglieder des Samtgemeindeausschusses, auch Beigeordnete genannt, die doppelte Aufwandsentschädigung gab.

Man kam überein, daß Gerda natürlich irgendwo recht hatte, bis zur Kommunalwahl aber noch einiges Wasser die Elbe und die Oste hinunterfließen werde, die Sache noch einmal in den SPD-Distrikten der Dörfer behandelt werden solle und man das Thema nach den Landtags- und Bundestagswahlen wieder aufgreifen werde.

„Womit wir beim nächsten Thema wären", verwies der Vorsitzende auf die Tagesordnung. „Wie ihr wißt, wird Gerd seinen Landtagswahlkampf in der Geversdorfer Oste-Halle starten. Ich habe keine Bedenken, daß die Halle voll sein wird, wahrscheinlich wird es eher zu voll. Zahlreiche Betriebsräte wollen geschlossen kommen, zum Beispiel der von Airbus. Wenn wir alle mithelfen, jeder von uns sollte alle Verwandten und Bekannten ansprechen, wird der Gerd es wieder schaffen. Ihr wißt auch alle, wenn der Gerd und wir ordentlich Stimmen zulegen, wird er der nächste Kanzlerkandidat, und nicht Oskar. Oskar ist zwar auch brillant und ein hervorragender Parteivorsitzender, beide zusammen sind unschlagbar. Aber Kanzlerkandidat muß Gerd werden."

Keiner widersprach dem Vorsitzenden, etliche nickten, einige klopften mit den Fingerknöcheln auf den Tisch, der Fahrer des roten VW-Kombi schwenkte die Tischflagge. Ein anderer Genosse wechselte in aller Seelenruhe mit Hilfe eines Kugelschreibers die Batterie seines Hörgerätes.

„Dann können wir eines Tages sagen", fuhr der Vorsitzende fort, „der neue Bundeskanzler hat seinen politischen Siegeszug in der Oste-Halle in Geversdorf begonnen."

„Damit wären wir beim letzten Tagesordnungspunkt angelangt", nahm sich der Vorsitzende die Einladung wieder vor. „Halt, nicht ganz, es folgt dann noch Verschiedenes", korrigierte er sich schmunzelnd.

„Es ist zwar noch zu früh für einen offiziellen Vorschlag für unseren nächsten Bundestagskandidaten an den Unterbezirksparteitag, aber ich habe es mal draufgesetzt, damit wir das hier vorbesprechen können. Ich will aus meinem Herzen auch keine Mördergrube machen. Ich bin der Auffassung, daß der Genosse Marco Hoffmann seine Sache gut gemacht und den Wahlkreis im Parlament engagiert vertreten hat. Wie ich erfahren habe, braucht die Bundestagsfraktion ihn auch als Fachmann für internationale Angelegenheiten und Entwicklungshilfe, beziehungsweise wirtschaftliche Zusammenarbeit und Entwicklung, wie man heute dazu sagt. Er ist bereit, wieder anzutreten. Ich soll ihn übrigens heute entschuldigen. Er ist mit einer Parlamentarierdelegation in Genf. Er läßt euch alle herzlich grüßen."

Damit hielt der Vorsitzende die Angelegenheit insgeheim für erledigt. Hier in der Gegend gab es keine Aufstände gegen Mandatsträger in Amt und Würden, sofern sie sich keine groben Schnitzer erlaubten, sich bei allen Vereinen und Veranstaltungen sehen ließen, dort nette Grußworte sprachen und es parteiintern verstanden, die sozialdemokratische Seele zu bedienen.

Gerda Meyer-Holzmann meldete sich zu Wort, was normalerweise niemanden erstaunte. Nach dem Wort zum Sonntag des Vorsitzenden zur Kandidatenfrage allerdings kam das doch ein wenig überraschend.

„Ich halte es für verfrüht, bereits jetzt Vorentscheidungen zu fällen", widersprach sie ihrem Vorredner. Sie tat dies nicht zuletzt deshalb, weil sie wußte, daß die Nichte des Vorsitzenden von Marco Hoffmann in seinem Abgeordnetenbüro in der Hauptstadt angestellt worden und ihr Arbeitsvertrag an sein Mandat gebunden war.

„In den dafür vorgesehenen Parteisitzungen hat jedes Mitglied das Recht zur Kandidatur", fuhr sie fort. „Bei solcher Art des, ich nenne es mal – Vorkungelns wird für die Mitglieder der Eindruck erweckt, alles sei bereits gelaufen. Und wer dann kandidiert, wird als Störer der Harmonie und des Parteifriedens wahrgenommen."

Das ließ der Vorsitzende nicht auf sich sitzen und wies die Unterstellung entrüstet zurück. Teils im Ernst, aber mehr als Scherz gedacht, schloß er seine Verteidigung: „Natürlich kann jeder kandidieren. Du auch."

Nun erklärte die Genossin Gerda mit klarer und fester Stimme: „In Ordnung. Hiermit erkläre ich meine Gegenkandidatur gegen den Genossen Dr. Marco Hoffmann. Genauer gesagt meine Kandidatur für das Bundestagsmandat. Man kann nicht nur darüber reden, daß mehr Frauen in den Parlamenten vertreten sein sollen."

Es herrschte betretenes Schweigen. Den Einladungen, der Tischflagge und der Zuckerdose wurden große Aufmerksamkeit gewidmet. Einige blickten auch die Genossin Gerda an. Sie trug halblange blonde Haare bis auf die Schultern, hatte eine leichte Erhebung auf der Nase, was an Barbra Streisand in jungen Jahren erinnerte und äußerst attraktiv aussah, trug eine Brille mit filigranem roten Gestell und ein geblümtes, ärmelloses Kleid über ihrer schlanken Figur. Sie war Anfang vierzig, sah aber wesentlich jünger aus.

Alle im Raum wußten, daß sie Oberstudienrätin und Vorsitzende der regionalen Flüchtlingshilfsorganisation Refugio war. Im Beruf war sie tüchtig und bei den Schülern sowie Eltern beliebt, sozial engagiert, aber auch ehrgeizig. Keinem in dieser Runde war es verborgen geblieben, daß sie sich kürzlich auf eine A15 Stelle als Studiendirektorin beworben hatte, aber ein männlicher Mitbewerber das Rennen gemacht hatte. Sie selbst hatte dahinter eine alte Männerseilschaft ausgemacht, die sie aber nicht nachweisen konnte.

„O.k. Gerda, wir nehmen das zur Kenntnis, und du, Renate, nimmst es bitte ins Protokoll auf", wollte sich der langjährige Sozialdemokrat am Kopfende keine formale Inkorrektheit nachsagen lassen. Außerdem hielt er Gerdas Kandidatur gegen Marco für nicht besonders aussichtsreich, obwohl in der Politik alles möglich war.

„Ich nehme das nicht nur ins Protokoll auf", blickte die Schriftführerin von ihrem Block hoch, „sondern ich unterstütze die Kandidatur von Gerda ausdrücklich." Renate Oltmann setzte mit dem Kugelschreiber einen deutlich hörbaren Punkt.

An dem TOP Verschiedenes zeigte heute niemand mehr Interesse. Trotzdem wurde von einem Genossen aus Oberndorf zum wiederholten Male das Problem aufgeworfen, warum die Verwaltung immer verhindere, daß auf der MS Mocambo Trauungen durchgeführt werden dürften. Er selbst vermutete, daß Mitarbeiter des Standesamtes zu bequem wären, ihre Diensträume zu verlassen und es für ein Unding hielten, möglicherweise sogar am Wochenende auf der Oste zu trauen. Einige Brautpaare und der Kapitän der Mocambo hätten ihn angesprochen.

Nun wurde das Thema zum Spannungsabbau doch gerne aufgegriffen, so wie Profikicker nach dem Match ins Wärmebad steigen und in der Oste-Halle nach dem Spiel geduscht wurde. Ein Dorfbürgermeister verteidigte die Verwaltung: „Wo soll das denn noch hinführen? Dann gibts bald auch Trauungen auf dem Trecker oder dem Rücksitz vom Privat-Pkw, weil da alles anfing." Allgemeines Schmunzeln.

„Wommasagen", begann ein weiterer Genosse mit seinem heimlich Spitznamen, „daß Heiraten eigentlich auf dem Standesamt üblich ist."

Die Mehrheit unterstützte aber das Anliegen, da woanders sogar am Fallschirm, im Riesenrad und unter Wasser getraut wurde. Außerdem wäre es eine kostenlose touristische Attraktion für auswärtige Brautpaare und deren Gäste.

Ein Genosse wollte von Heiner Drewes gehört haben, daß die CDU Trauungen auf der Mocambo für einen unwürdigen Rahmen hielt. Das empörte allgemein, denn nicht die CDU, sondern die Brautpaare sollten entscheiden, was sie für einen würdigen Rahmen hielten. Nun erhielt das Thema den Charakter einer lokalen politischen Kampfaufgabe. Der Vorsitzende schlug vor, erst einmal zu klären, wer für die Genehmigung zuständig wäre. Das Thema wurde vertagt.

12

Auf der Rückfahrt von Oldenburg nahm Amandus Abendroth hinter Brake die Weserfähre nach Sandstedt, ließ Hermann Allmers und seinen Marschenhof links liegen, fuhr auf die A 27 in Richtung Cuxhaven, passierte Bremerhaven und bog bald danach nach Bederkesa ab. Er hatte sein Timing so angelegt, daß er noch ein paar Photos vom mittelalterlichen Markt in die Redaktion mitnehmen konnte, der gerade am Ort gastierte. Er schloß seinen Wagen auf dem großen Parkplatz in Seenähe ab und ging die wenigen Schritte zur Burg hinüber.

Er umrundete den Burggraben und war bereits im Mittelalter angelangt. Fliegende Händler priesen in altertümlicher Sprache lautstark ihre Waren an. Ob es Mittelhochdeutsch war oder ob Walter von der Vogelweide seine Minnelieder ähnlich vorgetragen hatte, mochte er nicht beurteilen. Es roch nach Schafwolle und flüssigem Wachs. Ein mittelalterlicher Schreiberling – Skribent stand auf einem Schild an seinem Zelt – schrieb mit Tinte verschiedener Farben geduldig auf ein Blatt handgeschöpften Papiers. Ein Barbier schabte und schnitt an einem Ritter mit widerborstigem Bart herum.

Ein Bild, dachte Amandus, was den Bürgermeister seiner Heimatgemeinde wohl zu einer zusätzlichen Bemerkung beim Schützenfrühstück veranlaßt hätte. In der Bäckerei wurde eine Ladung Brotlaibe in den Ofen geschoben, und von überall duftete es nach Gebratenem, Gesottenem und Geröstetem. Gaukler und Handwerker in mittelalterlichen Kostümen erfüllten den Markt mit buntem Treiben.

So könnte es vor Jahrhunderten hier tatsächlich ausgesehen haben, sinnierte Amandus Abendroth. Die Spuren der Burg Bederkesa können bis ins Mittelalter zurückverfolgt werden, verlieren sich allerdings im Dunkel des 12. Jahrhunderts. Ob damals die Ritter von Bederkesa oder der Erzbischof von Bremen, dessen Dienstmannen sie waren, bereits so viel in die Burg investierten wie der Landkreis Cuxhaven für Erhalt und Restaurierung, ließ sich wohl nicht feststellen und vergleichen.

Es hatte sich aber gelohnt, befand Amandus Abendroth, der gern berufliche Kulturtermine im Rittersaal und noch lieber die anschließenden Empfänge mit Wein und Häppchen im historischen Gewölbe wahrnahm. Statt der historischen Sitze an ebensolchen Bänken, bevorzugte er die geselligen Stehtische. Dort konnte man auch mit dem heutigen Burgherren, dem Leiter der archäologischen Denkmalpflege und des Museums für Archäologie einen gepflegten Ritterschnack halten.

Es mußte ja nicht wieder um Bestattungen in Booten gehen, welche im nördlichen Europa vor allem im siebten bis zehnten Jahrhundert verbreitet waren. Die Bootsgräber in der Burg hätten ihn zu makaber an den Toten auf der Fähre erinnert, zumal diese Bestattungsform heutzutage weniger verbreitet war. Er kannte nur einen Fall an der Oste.

Vor ihm hatten Besucher des Marktes einen Kreis im Burghof gebildet. Über ihre Köpfe hinweg sah er eine gewaltige Feuerzunge hoch aufsteigen. Es folgten zwei kürzere mit jeweils geringerer Höhe, die letzte war kaum noch über den Köpfen sichtbar. Als er sich weiter nach vorne arbeitete, sah er einen mittelalterlich gekleideten Gaukler, der die Münzen aus einem Hut einsammelte. Er war groß, hager und hatte eine Zahnlücke. Bart und Haupthaar waren dem Barbier offensichtlich längere Zeit nicht nahegekommen.

„Hallo René", begrüßte Amandus ihn, „mal wieder als Feuerschlucker unterwegs?" Es war sein Jugendfreund aus Hamburg, genauer gesagt Harburg, darauf legten die Harburger Wert. René war drei Jahre vor ihm aus der Großstadt an die Niederelbe gezogen, wo er als Maler und Bildhauer auf dem Künstlerhof in Cadenberge lebte. Mit Erfindungsgeist und Kreativität verdiente er sich gelegentlich etwas hinzu, nie aber mit einer bürgerlichen Arbeit. Von seiner Kunst allein konnte er nicht leben, er hielt aber auch nicht viel von Kommerz.

Trotzdem hoffte Amandus für seinen Freund, daß er bald berühmt würde. Auch für sich, da er einige seiner Ölgemälde in seinem Haus hängen hatte. Einige hatte er gekauft, andere als Tauschhandel oder Schuldenerlaß erworben. Eins hatte René ihm als Überraschung zum Geburtstag geschenkt, ein Portrait von Amandus, nach einem Photo gemalt. Es stammte aus der blauen Phase des Künstlers.

„Kommst du mit in den Park?" fragte René, „ich brauch mal eine Pause." Sie gingen zunächst zum Parkplatz neben der Burg und steuerten Renés Auto an, welches nicht zu übersehen war. Er öffnete die hintere Seitentür des fast historischen roten Feuerwehrautos, eines Gerätewagens, und entnahm dem genialen Chaos einen kleinen Leinenbeutel, den er sich unter den Gauklerumhang steckte. Sie schlenderten zum Park am See und setzten sich auf eine ruhige

Bank. Renés alte Schäferhündin war mitgetrottet und ließ sich neben der Bank nieder.

„Ich muß mal was rauchen", fuhr René fort, und Amandus wußte Bescheid. Der Künstler holte den Leinenbeutel wieder unter dem Umhang hervor. Er zog Tabak heraus und bröselte einen kleinen grünlichen Klumpen hinein, den er vorher mit seinem Feuerzeug erwärmt hatte. Dann zündete er die gedrehte Tüte am breiteren Ende an und inhalierte. Amandus bot er keinen Zug vom Joint an, weil er wußte, daß dieser es während seiner Studentenzeit einmal probiert hatte und ihm davon nur übel geworden war. Sie sprachen über Kunst und Gaukelei, bis Amandus die Frage stellte: „Sag mir doch mal, wo du den Stoff hier auf dem platten Land her bekommst? Hier gibts doch keine Szene wie in Hamburg."

„Da täusch dich mal nicht, mein lieber Mandus", erwiderte der Maler und Bildhauer. „Aber bei aller Freundschaft nenn ich dir keine Quelle. Du kannst eh nichts damit anfangen, und für die Zeitung ist es schon gar nicht geeignet." Dann bedeutete er ihm, daß er nun wieder Feuer schlucken und speien müsse, damit der Kamin raucht.

René baute sich mit seiner Hündin zu Füßen für seine Gauklerkunst im Burghof neben dem Roland auf, der die krönende Figur eines gekuppelten Brunnens war. Er stand in hellblauer Rüstung und mit blauem Helm mit rötlichem Aufputz da. Vor sich hielt er den goldenen Schild mit dem silbernen kaiserlichen Doppeladler und das nach oben gerichtete Schwert, welches ein hoheitliches Symbol darstellte. Mit seiner Aufstellung im Jahre 1602 wurde im Amt Bederkesa die stadtbremische Gerichtsbarkeit eingeführt. Amandus fragte sich schmunzeld, ob diese wohl damals schon den Gebrauch und den Handel mit Jointfüllungen unter Strafe gestellt hatte.

René entzündete eine Art Fackel an der Spitze eines langen, dünnen Stabes und nahm einen tiefen Schluck aus einer Flasche. Er beugte sich zurück und Amandus Abendroth hob die Kamera. Er wußte, daß der erste Feuerstoß optisch am eindrucksvollsten war. Im Sucher hatte er René, den Roland sowie die Hündin am unteren Bildrand.

Als René die erste Feuerzunge ausspie, sah er, wie jemand aus der Menge hinter dem Roland vortrat und der Hündin seinen Stiefel mit voller Kraft in die Seite rammte. Die alte Schäferhündin bäumte sich auf und jaulte erbärmlich. René verschluckte sich, erlitt einen schweren Hustenanfall, rang nach Luft und sank zu Boden. Aus den Augenwinkeln sah Amandus den Hundetreter in der Menge untertauchen. Es war der Entwicklungshelfer aus dem Oste-Krug, aber Amandus hatte keine Zeit, sich darum zu kümmern. Er zog sein Handy aus der Jackentasche und wählte den Notruf, dann eilte er zu seinem Freund.

Die Notärztin hatte bereits während der Anfahrt den Rettungshubschrauber angefordert. Sie befürchtete Erstickungsgefahr und veranlaßte, daß René sofort in eine Klinik mit Lungenspezialisten geflogen wurde. Amandus begleitete die Trage mit René zum Helikopter und sprach beruhigend auf ihn ein: „Wird schon klar gehen. Du hast schon ganz andere Sachen durchgestanden. Ich besuch dich so bald wie möglich." René schien seine freundschaftliche Durchhalteparole zu verstehen, aber sicher war er sich nicht. Amandus wandte sich an die Notärztin: „Wo kommt er hin?"

„Ins AK Harburg. Dort haben sie einen Platz frei und eine gute Lungenfachabteilung."

Nun suchte Amandus Abendroth die alte Schäferhündin und fuhr mit ihr zu einem Tierarzt.

13

Heiner Drewes war an seinem Schreibtisch in das Studium von handschriftlichen Notizen vertieft, als Fritjof Martens schwungvoll das Büro betrat. Er warf Heiner einige Papiere zu, die auf dessen Notizen landeten.

„Ich war eben an unseren Fächern im Rathaus und hab dir die Einladung zur nächsten Ratssitzung mitgebracht. Alles nur Regularien", erläuterte Fritjof Martens seinem Kollegen, „und eine Ernennung zum Ehrenortsbrandmeister der Freiwilligen Feuerwehr. Das wird einstimmig durchgehen. Wenn die Presse nicht eingeladen wäre, bräuchte sich niemand zu Wort zu melden, auch du nicht", stichelte er ganz freundlich. „Und jede Fraktion könnte nach zwanzig Minuten in ihr Stammlokal gehen. Ihr ins Weiße Roß und wir ..."

„Ja, ja. Ist ja schon gut. Ich hab hier was Wichtigeres."

„All right. Laß hören. Was gibts?"

„Karl Langner hat angerufen, weil ihn der Hamburger Gerichtsmediziner angerufen hat. Er hat ihm ein paar interessante Ergebnisse mitgeteilt, bevor der ausführliche schriftliche Bericht kommt. Wir werden über den zentralen Kriminaldienst so bald wie möglich eine Kopie erhalten."

„Ja? Und? Machs nicht noch spannender als es schon ist", legte Fritjof Martens seine Ratseinladung ungeduldig zur Seite.

„Also, zunächst einmal: Der Fundort ist nicht der Tatort."

„Aha. Zweifel waren ja geblieben."

„Allerdings kann kein langer Transport des Toten erfolgt sein, denn er hat auf der Fähre noch Blut verloren."

„Dann kann auch nicht viel Zeit zwischen der Tat und dem Ablegen der Leiche auf der Fähre verstrichen sein?"

„Exakt. Du sagst es", bestätigte Heiner Drewes seinen Kollegen. „Es kommt aber noch etwas hinzu, etwas Merkwürdiges", fuhr er fort. „Wo du gerade ablegen sagst. Er scheint aus einer gewissen Höhe auf die Fähre gefallen zu sein. Oder er ist geworfen worden. Daher auch die seltsame Haltung des Toten und seiner Gliedmaßen."

„Deshalb", schloß Fritjof Martens aus Oberkommissar Drewes' Bericht, „wurden auch keine Schleifspuren gefunden."

„Richtig. Davon geht auch Karl Langner aus. Das ist auch der Grund, warum der Fundort zunächst als möglicher Tatort angesehen wurde."

„Dann haben wir ja eine echte Denksportaufgabe", nickte Fritjof Martens und stülpte die Lippen vor.

„Nicht nur eine", widersprach der Oberkommissar dem Hauptkommissar.

„O.k., welche noch?"

„Die Tatwaffe ist mit Sicherheit kein gängiges Messer gewesen."

„Das hat ja schon die Notärztin vor Ort nach der ersten Begutachtung gemeint", bestätigte der zuhörende Polizeibeamte.

„Nach Aussage des Rechtsmediziners muß es sich um ein besonders grausames Teil gehandelt haben, obwohl ihm im Laufe seines langen Berufslebens schon so einiges untergekommen ist. So etwas wie ein längeres Messer mit Widerhaken, das beim Rausziehen nach dem Stich fürchterliche Wunden reißt. Oder ein anderer spitzer Metallgegenstand mit der Wirkung von Widerhaken. Das Opfer hatte keine Chance."

„Mein Gott", schlug Fritjof Martens mit der flachen Hand auf die Schreibtischfläche, „das arme Schwein. Und das bei uns."

„Weiter hat der Gerichtsmediziner mitgeteilt, daß das Opfer ...", Heiner Drewes suchte den richtigen Ausdruck und wollte dabei politisch korrekt sein, „kein reinrassiger Schwarzer ist. Für uns sieht das zwar auf den ersten Blick so aus, aber er ist, oder war, ein Mischling. Schwarzer Vater und weiße Mutter hat er gesagt, beziehungsweise umgekehrt."

„Interessant", nahm Fritjof Martens diese Mitteilung des Gerichtsmediziners zur Kenntnis. „Hilft uns diese Erkenntnis in irgendeiner Weise bei der Identifizierung des Opfers weiter? Ich fürchte nein, obwohl es besser ist als nichts. Oder?"

„Leider siehst du die Sache vollkommen richtig. Opfer weiter unbekannt. Deshalb ist Karl Langner der Auffassung, daß jetzt der Zeitpunkt gekommen wäre, die Presse um Hilfe zu bitten."

„Also das Photo des Opfers veröffentlichen und die Öffentlichkeit fragen, wer ihn kennt oder gesehen hat?"

„Genau. Langner sagte, daß wir vom 1. Fachkommissariat der Kripo das ausgewählte Photo mit einer vorbereiteten Pressemitteilung erhalten. Beides sollen wir an den Oste-Kurier leiten, weil wir dichter dran sind. Und wir sollen den Kontakt halten. Die anderen Blätter werden von Cuxhaven aus eingeschaltet. Natürlich gehen alle Ermittlungsergebnisse unsererseits sofort nach Cuxhaven."

„Und umgekehrt hoffentlich auch", ergänzte sein Kollege mit etwas mehr Dienstjahren im Polizeirock. „Dann ruf du doch mal Amandus Abendroth an. Der bearbeitet den Fall beim Oste-Kurier."

„Geht klar", bestätigte Oberkommissar Heiner Drewes, der seine Notizen zurechtrückte und nach dem Telephonverzeichnis griff.

14

Dr. Marco Hoffmann beugte sich zu seiner Geliebten, die ihren schlanken und gebräunten Körper auf dem weißen Bettlaken entspannte und dabei wie ein erotisches Aktgemälde eines alten Meisters auf ihn wirkte. Noch gelungener, dachte er, und vor allem nicht auf kalter Leinwand. Trotz seiner gut fünfzig Jahre fühlte er sich wie ein Jüngling schon wieder unwiderstehlich von ihr angezogen, was von ihrem zufriedenen und zugleich lockenden Blick gefördert wurde. Ihre feingliedrige Hand auf seinem Oberschenkel fachte das neuerliche Begehren an. Trotzdem zollte er seinem Alter Tribut, gab ihr einen zärtlichen Handkuß, stand auf und blickte aus dem Hotelfenster auf den Rhein.

Das Bonner Hotel Beethoven war keine Luxusherberge, hatte aber eine gute Lage neben der Oper, und es waren nur wenige Schritte bis zum historischen Rokoko-Rathaus mit den verspielten Rosétönen und dem goldglänzenden Treppengitter, das souverän den Marktplatz beherrschte. Vor allem hatte es den Vorteil, daß hier kaum Politiker und Ministerialbürokraten aus den Bundesländern abstiegen. Diese nächtigten bei Dienstgeschäften bevorzugt in ihren Landesvertretungen oder Häusern der besseren Kategorie.

Teresa Holtland war dienstlich hier, denn der Bundestagsabgeordnete hatte ihr eine Einladung des Bundesinnenministeriums zu einer zweitägigen Fachkonferenz zum Thema Verwaltungsreform zukommen lassen. Ihr Oberkreisdirektor hatte problemlos den Sonderurlaub genehmigt, da die Konferenzinhalte mit aktuellen Prozessen in der Kreisverwaltung zusammenfielen, in welche die Amtsrätin eingebunden war. Nach der Rückkehr sollte sie berichten. Das war ja der Sinn der Dienstreise. Nach einem anderen Motiv fragte niemand, auch zu Hause nicht.

„Daß diese verdammte Gerda Meyer-Holzmann gegen mich kandidieren würde, hätte ich nicht für möglich gehalten", wandte sich Marco Hoffmann nun weniger erfreulichen Angelegenheiten zu.

„Aber politische Mandate werden in einer Demokratie doch immer nur auf Zeit vergeben", lächelte Teresa mit gut gespieltem unschuldigen Blick.

„Und ich möchte", nahm er den Ball auf, „daß mir das Mandat noch auf längere Zeit erhalten bleibt. Ich gehe mal davon aus, daß du das auch möchtest."

„Das muß ich mir noch mal überlegen", schauspielerte sie kokett weiter, „ob ich auf der Seite meines Lovers stehe oder ob mir die Frauensolidarität wichtiger ist."

„Du kannst die Frauensolidarität ja unterstützen und selber genießen, wo du willst", führte er das Spiel in die Realität zurück, „aber bei meinem Mandat ist Ende der Fahnenstange angesagt."

„Aha", stichelte sie weiter, „in die Gemeinde- und Samtgemeinderäte und den Kreistag dürfen Frauen gerade noch einziehen. Aber beim lukrativen Bundestagsmandat ist Schluß mit lustig?"

„Laß das jetzt mal", fuhr er fort, „du weißt genau, daß ich nicht die geringste Lust habe, wieder als Oberregierungsrat in der Landesverwaltung zu arbeiten und mir von anderen Pappnasen sagen zu lassen, was ich zu tun und zu lassen habe. Und das bei fast der Hälfte meiner jetzigen Diäten als Gehalt. Oder noch weniger, wenn man die steuerfreie Kostenpauschale als Abgeordneter klug mit einbezieht."

„Und vor allen Dingen", verließ nun auch Teresa Holtland die Theaterbühne, „wären unsere Pläne für Bonn oder Berlin gestorben. Den Parlamentarischen Staatssekretär oder Staatsminister kannst du dir dann abschminken. Schade eigentlich", analysierte die aufmerksame Karrierebeamtin aus der Cuxhavener Kreisverwaltung weiter, „wo das doch einflußreiche und mit am besten dotierte Posten in der Regierung sind, wie du neulich sagtest. Nette Kombination aus Staatssekretärsgehalt, Abgeordnetendiäten plus steuerfreie Kostenpauschale. Und ich ein paar Stufen höher eingeordnet. Wow!"

„Du siehst also, mein cleverer und schöner Lieblingsschatz", begleitete Marco Hoffmann Teresas Höhenflug, sie dabei umfassend, „daß Gerda Meyer-Holzmann um jeden Preis verhindert werden muß. Und zwar schon im Ortsverein."

„Wie läuft die Kandidatenaufstellung denn genau ab?" fragte sie nun ganz sachlich.

„Wer von uns die Mehrheit erhält", war er nun in seinem Element, „wird vom Ortsverein dem Cuxhavener Unterbezirksparteitag vorgeschlagen. Dort wird der Wahlkreiskandidat gewählt, und ich sehe dort keine Gegenkandidaturen. Formal geht es noch über Bestätigungen auf dem Bezirksparteitag Nordniedersachsen und dem Landesparteitag weiter, was Formsache ist, bis auf die Reihenfolge der Listenplätze."

„Falls in der Zwischenzeit kein Hammer und kein Skandal eintritt", warf sie ein.

„Richtig. Genau das. Zunächst geht es aber darum, daß ich gegen die Genossin Gerda im Ortsverein gewinne. Wenn du von der eigenen Basis vor Ort nicht vorgeschlagen wirst, kann die Sache leicht schiefgehen."

„Wie willst du denn vorgehen?" war Teresa nun sachliche Politikberaterin. „Soviel ich weiß, unterscheidet ihr euch doch politisch gar nicht so stark. Sie setzt sich für Flüchtlinge ein, du auch. Warst ja schließlich mal Beamter beim Hohen Flüchtlingskommissar der UNO, in Genf und Afrika. Du setzt dich für arme Länder in aller Welt ein, insbesondere für Frauen und Kinder. Sie auch. Da habt ihr doch an der Basis vernünftig zusammengearbeitet? Oder?"

„Sie hat mich sogar meistens unterstützt, was nicht alle Sozis an der Basis machten, wenn die Stimmung für solche Themen schlecht war und Kommunalwahlen vor der Tür standen. Man vergaß dann öffentlich schnell, daß Solidarität mit den armen Ländern dieser Welt und der Einsatz für Frauen und Kinder zu den Grundüberzeugungen der Sozialdemokraten gehören. Wer aber als Kandidat innerparteilich dagegen ist, hat ganz schlechte Karten. Dafür bin ich auch zu allen Veranstaltungen ihrer sozialdemokratischen Frauen gegangen."

Unerwähnt ließ Marco Hoffmann, daß er die Genossin Gerda Meyer-Holzmann sogar augesprochen attraktiv fand und bei Parteiveranstaltungen häufig mit ihr geschäkert und geflirtet hatte. Sie hatte das Spiel mitgemacht. Aber das war Schnee von gestern. Nun wollte sie ihm nicht nur Amt und Würden streitig machen, sondern auch noch seine Mannesehre bekämpfen und seine Zukunft zunichte machen.

„Sag mal", wechselte Marco Hoffmann nur vordergründig das Thema, „was ist mit den Papieren für den Typen, den ich aus Afrika kenne? Er muß hier unbedingt verschwinden. Und das macht er nur, wenn er neue Papiere hat."

„Das ist nicht so einfach in einer korrekten deutschen Kreisverwaltung. Wir leben ja nicht in einer Bananenrepublik", wurde Teresa abwehrender und zurückhaltender als üblich. „Ich habe wirklich Bedenken und sogar Skrupel. Trotzdem arbeite ich dran. Zunächst nur mit dem Kopf. Wenn überhaupt, mache ich nur etwas, wenn nicht die geringste Gefahr für mich dabei besteht."

„Ich will ja nicht mit einer abgedroschenen Phrase antworten", erwiderte Marco seiner Geliebten, „aber: no risk, no fun. Ich will aber nicht von Spaß reden, denn mir ist es mit unserer Zukunft ernst. Manchmal gibt es eben Unebenheiten im Leben, die geglättet werden müssen. Mit Verstand und für die Liebe. Und darum muß dieser Typ verschwinden. Das geht nur mit deiner Hilfe. Wenn er durch irgendeinen dummen Zufall auch noch mit der Genossin Gerda in Kontakt kommen sollte, wäre die Katastrophe programmiert."

„Ich lebe mit dieser Sache in einem schlimmen Widerspruch", antwortete Teresa, „mein Gefühl für unsere Zukunft sagt laut ja. Es hat schon ganz andere Dinge in unserer Republik gegeben als ein neues Papierchen. Mein Verstand sagt nein. Andererseits", versuchte sie die Anspannung mit einem schelmischen Lächeln und einem Kuß auf Marcos Wange aufzulockern, „ist ein Staatssekretär auch attraktiver als ein abgemeierter Abgeordneter."

Er erwiderte den Kuß auf ihre Wange mit der Bemerkung: „Was hält denn meine schöne und leidenschaftliche Karrierebeamtin von einem kleinen Menü im Stern am Marktplatz? Dort macht es auch nichts, mit einer Bürgerin aus dem Wahlkreis gesehen zu werden. Im Hotelzimmer ist nicht so üblich, wenn auch nicht selten in Bonn. Ich lade dich ein."

„Gute Idee. Die Einladung nehme ich an. Du weißt ja, daß ich auch berechnend sein kann."

Der Bundestagsabgeordnete Dr. Marco Hoffmann öffnete galant die Tür des Hotelzimmers, ohne ihre Aussage zu bestätigen. Ein Körnchen Wahrheit maß er ihr aber zu.

15

Amandus Abendroth hatte telephonisch einen Termin mit seinem alten Studienkollegen Franz Altsprenger vereinbart. Sein Kommilitone Franz war inzwischen zum stellvertretenden Direktor des Instituts für Afrika-Kunde in Hamburg avanciert. Zusätzlich lehrte er als Honorarprofessor an der dortigen Universität.

Vor der Abfahrt besprach er noch einige Belegungstermine für die Ferienwohnungen mit Anke Tiedemann und empfahl seinen Gästen, doch einmal die Saiblinge im Hemmoorer Kreidesee zu begutachten. Eine Delikatesse, wie er hinzufügte. Allerdings sollten sie nach den Fischen nicht vierzig Meter hinabtauchen, da der Oste-Kurier regelmäßig zu berichten hatte, daß solche Tauchgänge beim Notarzt, im Helikopter und in der Druckkammer endeten. „Nach unserer Methode", antwortete einer der nordrhein-westfälischen Angelgäste, „brauchen höchstens die Saiblinge einen Notarzt, wahrscheinlich nicht mal mehr den."

Er fuhr den schmalen, geteerten Cadenberger Weg parallel zum Fleth entlang. Dachte kurz, daß ein Hamburger Deutschlehrer diese Schreibweise anstreichen würde, weil man dort einen Wassergraben, Kanal oder ein fließendes Wässerchen Fleet nannte. Er kam am Bremerschen Schloßpark vorbei, und vor dem Eingang von Marktkauf gab es einen kleinen Stau, weil wieder ein Landmann seine Landfrau direkt vor der Drehtür aus dem Auto steigen lassen mußte, statt ihr ein paar Meter Fußweg vom Parkplatz zu gönnen. Was ihr sicher gut getan hätte, registrierte der schreibende Beobachter von Lokalereignissen.

Einen noch größeren Stau hatte es sicher 1862 einen Steinwurf weiter vor dem Weißen Roß gegeben, als Graf Bremer auf dem Vorplatz mit dem König von Hannover eintraf. Damals war der Herrscher allerdings kein Sozialdemokrat, fand der freie Mitarbeiter des Lokalblattes sich selber witzig. Und von frogs gab es 1862 weder in Hannover noch in Cadenberge eine Spur zu finden. Seine Gedankenkette zu historischen und modernen Ochsenfröschen, die mit besonders lauter Stimme in der Nähe des Herrschers auf sich aufmerksam machten, fand er noch amüsanter. Einen weiteren Vergleich des einstigen Monarchen mit heutigen Spitzenpolitikern und Fußballschiedsrichtern unterdrückte er. König Georg V. von Hannover war blind.

Er bog nun auf die Todesstrecke Richtung Hamburg ein, die berüchtigte Bundesstraße 73. Was kann aber die Straße dafür, dachte er. In fast regelmäßigen Abständen wurden nach Wochenenden im Oste-Kurier schwarzumrandete Anzeigen von kaum Zwanzigjährigen mit der Überschrift „Warum?" veröffentlicht. Häufig begannen die tödlichen Fahrten auf Feten oder in einer Disko in Lüdingworth. Ein Bekannter hatte dafür als schwarzen Kommentar die Bemerkung, daß es wieder einen Idioten weniger gäbe, der ihm besoffen und zu schnell frontal reinfahren könnte. Dies erwähnte dieser aber nicht in seinen öffentlichen Vorträgen zu sozialen Fragen.

Amandus passierte weiße Warnkreuze im Dreierpack am Rande der B 73, das Zementmuseum gegenüber des Kreidesees und Fritsches Schnellrestaurant in Hemmoor, wo man für zwei Mark fünfzig ein vollständiges Mittagessen erhielt, die Mühle an der Ostebrücke in Hechthausen und kam nach Himmelpforten, dessen Postamt in der Vorweihnachtszeit ein Christkind beschäftigte, um die vielen Kinderbriefe zu beantworten. Stade umfuhr er auf der Umgehungsstraße, nahm beim Imbiß am LKW-Parkplatz in Neukloster eine reduzierte Fährplatte in Anspruch: Tasse Kaffe und Zigarette, mit WC-Gang ohne Wellengang. Schließlich kam er belebt und erleichtert über Buxtehude in seine Heimatstadt Harburg.

Rechts an der B 73 lag das Krankenhaus Mariahilf, dessen Chefarzt sein ehemaliger WG-Freund aus Studienzeiten war. Bei jedem WG-Essen steuerte der Jungmediziner damals als Appetitanreger ausführliche OP-Berichte bei. Spitze war sein Bericht darüber gewesen, wie er mit einem älteren Kollegen über einem geöffneten Bauch stand und dieser drängte: „Los, näh ihn zu, ich muß noch zu Karstadt." Wie er wohl den Leichenfund auf der Oste-Fähre mit einem robusten Medizinerspruch kommentiert hätte? Einige hundert Meter weiter wies rechts ein Schild auf das AK Harburg hin. Den Berg wollte er auf dem Rückweg hinauffahren, um René einen Krankenbesuch abzustatten.

Er überlegte kurz, ob er noch genügend Zeit hatte, um einen Kurzbesuch bei seiner einundachtzigjährigen Mutter am Reeseberg zu machen. Ein Blick auf die Uhr sagte ihm, daß die Zeit nicht reichte und die heftigen politischen Diskussionen warten mußten. Seine Mutter stammte aus Bayern, wohin sie seit vierzig Jahren zurückziehen wollte. Sie interessierte sich für Reisen in ferne Länder, Fußball und Politik.

Amandus nahm es allmählich milde hin, daß sie ihm immer noch seine politischen Ansichten aus seiner Studentenzeit unterstellte. Das machte die Diskussionen für sie spannender, da sie es zutiefst bedauerte, daß es in Hamburg nicht möglich war, CSU zu wählen. An ihrer Küchentür prangte unübersehbar ein blauweißes bajuwarisches Hoheitszeichen, von kräftigen Löwen gestützt, mit der Aufschrift: Freistaat Bayern. Wenn Bayern München gewann und der HSV verlor, herrschte richtig gute Laune in der Küche, und ein Münchener Weizenbier wurde geöffnet.

Über die Wilhelmsburger Reichsstraße und die Elbbrücken fuhr er nach Hamburg hinein, am Hauptbahnhof vorbei über die Lombardsbrücke, sah links die Binnen- und rechts die Außenalster liegen und bog links in den Neuen Jungfernstieg ein. Gleich vorne an der Ecke zur Esplanade bog er in eine Toreinfahrt ein und fand tatsächlich einen Parkplatz. Dieses Insiderwissen war in der Hamburger Innenstadt fast mehr wert als die gute Bekanntschaft mit einem Hamburger Senator.

Beim Öffnen der gediegenen Tür des Überseeinstituts sah er einen Kollegenschwarm ein Stück den Neuen Jungfernstieg hinunter die Blitzlichter auf eine Limousine vor dem Hotel Vier Jahreszeiten halten. Er nahm den Fahrstuhl zum Institut für Afrika-Kunde und betrat das Vorzimmer von Prof. Dr. Franz Altsprenger. Die Mitarbeiterin teilte ihm freundlich mit, daß er bereits erwartet wurde.

Amandus Abendroth betrat das Büro mit bestem Blick auf die Binnenalster, dessen Wände rundum durch lückenlos gefüllte Bücherregale unsichtbar blieben. Nachdem sie sich mit Schulterklopfen, „schön dich zu sehen, alter Junge" und einigen Scherzen zu Journalismus und Wissenschaft begrüßt hatten, kam Professor Dr. Altsprenger schnell zur Sache.

„Leider habe ich weniger Zeit als geplant, aber genug für dein Anliegen. Ich hole heute eine Doppelstunde in meinem Seminar vor und eine Doppelstunde in vier Wochen nach. Ich fliege kurzfristig nach Südafrika und danach nach Kampala zur Regierung von Uganda. Gutachten für die Bundesregierung."

„Oh, dann triffst du in Kampala wohl Präsident Museveni. Ich hatte ja die Ehre, vor einigen Jahren von dir eine Einladung zu einem Vortrag von ihm zu erhalten. Damals war er noch Rebellenführer oder Kommandeur einer Befreiungsarmee", erinnerte sich Amandus Abendroth.

„Du sagst es. Und wie du siehst", setzte der Afrika-Experte hinzu, „ist es nicht schlecht, gelegentlich auch gute Kontakte zu Kämpfern gegen die Staatsmacht zu halten. Wenn sie erst Staatsmänner sind, werden sie von allen hofiert."

„Na gut, konzentrieren wir uns auf das Wesentliche", kehrte Amandus Abendroth in die Gegenwart zurück. „Ich hab dir schon am Telephon in Grundzügen erzählt, was mich interessieren würde."

„Nun gut. Djibouti liegt am Horn von Afrika am Ausgang des Roten Meeres zwischen Äthiopien und Somalia, gegenüber des früheren Nord- und Südjemen, das seit 1990 vereinigt ist. Die Republik Djibouti wurde am 27. Juni 1977 unabhängig. Vor der Unabhängigkeit war es das Französische Territorium der Afar und Issa. Kurz nach der Unabhängigkeit strömten mehr als fünfzigtausend Flüchtlinge in die junge Republik, die damals selbst nicht mehr als geschätzte 320.000 Einwohner hatte. Die Flüchtlinge kamen überwiegend aus Äthiopien, aber auch aus Eritrea und Somalia. Es herrschte Bürgerkrieg und politische Verfolgung, begleitet von Dürre und Hungersnot. Dies stellte aus komplizierten politischen und ethnischen Gründen, die ich dir jetzt nicht alle erklären kann, eine Gefahr für die Stabilität der jungen Republik dar. Und natürlich auch eine wirtschaftliche Belastung", erklärte der Afrika-Fachmann weiter.

„Und was wurde unternommen?" fragte Amandus Abendroth.

„Tscha. Die Regierung von Djibouti rief die UNO zu Hilfe. Das Land hatte kurz nach der Unabhängigkeit die Genfer Flüchtlingskonvention ratifiziert, was zunächst Anerkennung und nun gleich eine große Bürde mit sich brachte."

„Nun ist ja mein toter Junge von der Oste", wollte Amandus Abendroth die verbleibende Zeit nutzen, „im Ort Ali Sabieh geboren. Weißt du etwas darüber? Oder konntest du zwischenzeitlich etwas in Erfahrung bringen?"

„Ja. Du weißt doch, für dich mache ich alles, was möglich ist", setzte er lächelnd hinzu. „Bei den Orten Ali Sabieh und Dikhil wurden große Flüchtlingslager errichtet, praktisch in der Wüste. Dort wurde die große Masse der Flüchtlinge untergebracht. Die sogenannten jeunes intellectuels, wie sie von der Regierung genannt wurden, zogen selbständig in die Hauptstadt Djibouti-Ville weiter. Das waren Schüler, Studenten und Lehrlinge. Sie erhofften sich dort bessere Bildungschancen, was aber eine Illusion war. Von Unterbringung und Verpflegung gar nicht zu reden. Fazit: Dein Toter von der Oste-Fähre könnte durchaus ein Flüchtlingskind sein, das 1977 oder 78, sagen wir Ende der siebziger Jahre im Flüchtlingslager Ali Sabieh geboren wurde."

„Ich hoffe, das hilft mir weiter", sinnierte Amandus Abendroth. „Der Tote von der Fähre", fuhr er fort, „hatte in seinem Rucksack eine Art Ausweispapier, welches aber von der Oste verwaschen war. Ich konnte nur noch ‚Convention Travel' lesen. Sagt dir das was?"

„Immer nur den alten Sprenger fragen", kokettierte Prof. Altsprenger mit seiner Kompetenz. „Das kann nur ein CTD sein", was er englisch aussprach. „Ein Convention Travel Document. Das ist ein Paßersatz für Flüchtlinge nach den Regelungen der Genfer Flüchtlingskonvention. Häufig wird es mit einer sogenannten Return Clause, einer Rückkehrklausel, versehen."

„Und das bedeutet?"

„Wenn Flüchtlinge in einem Asylland keine weitere Ausbildung erhalten können", erklärte der stellvertretende Direktor des Instituts für Afrika-Kunde, „aus welchem Grund auch immer, sucht die UNO Schul-, Ausbildungs- oder Studienplätze in anderen Ländern, welche die Flüchtlinge häufig nur zu Ausbildungszwecken aufnehmen. Die Rückkehrklausel soll sicherstellen, daß die Flüchtlinge dann ins ursprüngliche Aufnahmeland zurückkehren können – zumindest theoretisch. In der Praxis läuft es manchmal anders. Wie zum Beispiel in Djibouti, wo die Flüchtlinge auch mit Ausbildung nach der Rückkehr keine Perspektive gehabt hätten."

„Weißt du auch", informierte sich Amandus Abendroth weiter, „wohin die jeunes intellectuels zur Ausbildung umgesiedelt worden sind?"

„Die meisten nach Ägypten", sagte Franz Altsprenger nach einem Blick in einige Unterlagen auf seinem Schreibtisch. „Andere nach Côte d'Ivoire, der

Elfenbeinküste. Je nach Sprachkenntnissen, schulischem Hintergrund und Aufnahmekapazitäten."

„Das paßt ja zusammen", nahm der journalistische Rechercheur den Faden auf, „daß mein Toter von der Niederelbe vor dem Studium an der Carl-von-Ossietzky-Universität in Oldenburg zwei Semester an der American University in Kairo studiert hat. Oder auch nicht", unterbrach er seinen Gedankengang. „Wenn die jungen Flüchtlinge zu Ausbildungszwecken Ende der siebziger oder Anfang der achtziger Jahre nach Ägypten umgesiedelt wurden, dann war der Tote zu dem Zeitpunkt ja noch ein kleines Kind?"

„Nun ja", entgegnete der Professor, „zu dem Zeitpunkt wurden wirklich nur Flüchtlinge im Sekundarschulalter, potentielle Lehrlinge und Studenten nach Ägypten umgesiedelt. Vielleicht konnte dein Toter im Flüchtlingslager Ali Sabieh eine Grundschule besuchen, obwohl auch das höchst problematisch war, und wurde später zum weiteren Schulbesuch nach Ägypten umgesiedelt.

Falls dich das weiter interessiert", deutete Professor Altsprenger auf einen kleinen Stapel mit Papieren und einem Buch, „kannst du ein paar Unterlagen mitnehmen, die ich dir zusammengestellt habe. Darunter ist auch die Dissertation eines ehemaligen UNO-Beamten, der für die UNESCO und das UNO-Hochkommissariat für Flüchtlinge zu der Zeit in Djibouti tätig war. Das Buch wurde in unserem Verlag veröffentlicht."

„Das nehme ich nachher gerne mit", nahm Amandus Abendroth das Angebot an. Da er sah, daß sein alter Studienfreund verstohlen auf die Uhr blickte, fuhr er eilig fort: „Ich weiß, deine Zeit drängt. Meine übrigens auch. Aber zwei kurze Fragen mußt du mir noch beantworten."

„Schieß los", lud ihn Franz Altsprenger ein.

„Erstens. Sind die Flüchtlinge alle in Afrika geblieben oder sind auch welche mit der sogenannten Flüchtlingsflut nach Deutschland gekommen?"

„Zum Thema der angeblichen Flüchtlingsflut in Deutschland könnte ich dir einen langen Vortrag halten. Das müssen wir verschieben. Sie sind so gut wie alle in Afrika geblieben. Allerdings ist eine Handvoll auch zur Berufsausbildung nach Hamburg gekommen. Als Senatsstipendiaten. Ich habe mal gehört, daß soll über die UNO und den früheren Bürgermeister Hans-Ulrich Klose gelaufen sein. Betreut wurden sie von der Weltweiten Partnerschaft in Hamburg. Das waren damals noch andere Zeiten. Der ehemalige Ministerpräsident Ernst Albrecht hatte eintausend vietnamesische boat-people freiwillig als Kontingentflüchtlinge in Niedersachsen aufgenommen. Damals wollten die Politiker noch helfen und nicht abschotten."

Diese Information fand Amandus Abendroth hochinteressant und ließ sich die Anschrift und Telephonnummer der Weltweiten Partnerschaft geben. Auch wenn er für einen Besuch heute keine Zeit mehr hatte.

„Die letzte Frage ist eigentlich keine richtige Frage", kam Amandus Abendroth zum Ende seiner Informationssammlung. „Was hältst du von einem Deutschen, der für eine französische Entwicklungshilfeorganisation in Afrika arbeitet und Afrikaner – nach etlichen Bieren zwar – aber als Raben, Kohlensäcke und Briketts bezeichnet? Er hat sich zwar immer sofort korrigiert und Afrikaner gesagt, aber es mußte irgendwie tief in ihm drinstecken."

„Das hört sich schon merkwürdig an", gab Franz Altsprenger gedehnt von sich und überlegte einen Moment. „Natürlich gibt es französische Organisationen und Entwicklungshelfer in Afrika, die auch gute Arbeit leisten. Aber die sprechen anders."

Nach einer Weile fuhr er fort:

„Um mal ehrlich zu sein, fällt mir bei der von dir geschilderten Konstellation spontan nur die französische Fremdenlegion ein. Und diese harte und brutale Truppe als Organisation der Entwicklungshilfe zu bezeichnen, ist schon ein Höhepunkt des Zynismus. Übrigens", fügte er hinzu, „war die Fremdenlegion vor und nach der Unabhängigkeit mit einem starken Kontingent auch in Djibouti stationiert."

„Mensch, Franz", wurde der freie Lokaljournalist auf der ewigen Suche nach der ganz großen Story aufgeregt, „ das wäre ja ein Ding." Als Dank lud er seinen Studienfreund zu Fisch oder Wild in den Oste-Krug ein. Aufgrund der Qualität der Informationen vielleicht besser ins Weiße Roß. Sobald sie einen gemeinsamen Termin fänden.

Im Fahrstuhl des Überseeinstituts warf Amandus Abendroth einen Blick auf die überlassenen Unterlagen und zog das Buch hervor. Der Titel der Doktorarbeit lautete akademisch umständlich „Erziehung und Ausbildung für Flüchtlinge in Afrika – Möglichkeiten und Grenzen der Ausbildungshilfe des Hochkommissariats für Flüchtlinge der Vereinten Nationen (UNHCR)". Der Verfasser war Marco Hoffmann.

16

Amandus Abendroth verließ seinen Insiderparkplatz, umrundete die Binnenalster über den Neuen Jungfernstieg, den Jungfernstieg, den Ballindamm und fuhr ansteigend nach rechts am Hauptbahnhof vorbei. Den Tunnel mit den großen Lettern ‚Wallfahrt' über der Röhrenöffnung ließ er links unter sich liegen. Zurück über die Elbbrücken, die Wilhelmsburger Reichsstraße gelangte er in Harburg wieder auf die B 73 und bog nach links in den Eißendorfer Pferdeweg ab. Etwa auf halber Höhe sah er rechts am Straßenrand einen grünen Polizeicontainer und einen Peterwagen stehen und fragte sich, ob sie nach der nächsten Bundestagswahl immer noch dort stehen würden.

Die örtliche Polizei, wußte er von einem Freund und Helfer, würde den Abbau der mobilen Wache begrüßen, da eine Rund-um-die-Uhr-Besetzung erhebliche Kräfte von anderen Aufgaben abhielt. Allerdings hätte Harburg dann keinen eigenen Verteidigungsminister mehr. Und ob in den Harburger Anzeigen und Nachrichten unter der Rubrik „Harburg ganz persönlich" mitgeteilt würde, daß der Oberstudienrat Volker Rühe seinen Dienst am Friedrich-Ebert-Gymnasium wieder aufgenommen hätte, hielt er für nicht sehr wahrscheinlich.

Amandus Abendroth fand für seinen alten Benz-Diesel eine vorübergehende Bleibe auf dem kleinen Parkplatz gegenüber des Haupteinganges des Allgemeinen Krankenhauses Harburg. Er kannte sich darin aus. Hier war sein Großvater gestorben, und ihm hatten die Urologen vor zehn Jahren einen Tumor samt Niere entfernt – zum Glück rechtzeitig und ohne Komplikationen. Professor Bressel und seinen Medizinerfreunden aus der Studenten-WG sei Dank, dachte er. Sein WG-Kollege und dessen Frau, seine Hausärztin, hatten ihn an den legendären Chefarzt der Urologie verwiesen. Daß er seitdem alle paar Monate zur Kontrolle des prostataspezifischen Antigens, dem PSA-Test, einbestellt wurde, fand er weniger witzig, denn es war eine ständig wiederkehrende Nervenbelastung. Dabei fühlte er sich insgesamt sehr wohl.

Nach einer Erkundigung im Schwesternzimmer betrat Amandus das Krankenzimmer. René freute sich über den Besuch, obwohl er noch schwach im Krankenbett lag. Er mochte auch nicht viel erzählen. Das Reden fiel ihm schwer. Er teilte Amandus Abendroth aber mit, daß sie ihn in die Röhre geschoben hätten. Amandus wußte ohne Nachfrage, daß damit die Computertomographie gemeint war.

„Ich habe Glück im Unglück gehabt", teilte René den Untersuchungsbefund mit. „Und", feixte er schlaff, „ich werde es überleben."

In diesem Moment öffnete der Stationsarzt schwungvoll die Tür des Krankenzimmers, gefolgt von einer Krankenschwester. Er trat an Renés Bett mit der Frage: „Na, wie geht es uns denn heute?"

Trotz seines erbärmlichen Zustandes fand René ansatzweise zu seiner alten Geistesverfassung zurück: „Immer besser geht es uns. Uns beiden Feuerschluckern, Herr Doktor." Nicht nur Amandus Abendroth, auch der Arzt und die Schwester schmunzelten erheitert. Der Stationsarzt nahm nun bewußt noch einmal die medizinische Sprachschablone auf.

„Mit solchen Antworten befinden wir uns wohl auf dem Weg der Besserung. Und hoffentlich", setzte er hinzu, „auch auf dem zur Heilung."

Amandus Abendroth stellte sich dem Arzt vor und erkundigte sich ernsthaft nach Renés Zustand. Der Arzt blickte zu seinem Patienten, welcher zustimmend nickte. Der Facharzt setzte zu einem kleinen medizinischen Privatissimum an.

„Bei solchen Unfällen ist nicht die Brandgefahr das Hauptproblem. Beim Feuerspucken oder Feuerschlucken wird eine brennbare Flüssigkeit in den Mund genommen und wieder ausgespuckt, wobei sie entzündet wird. Die Flüssigkeit besteht aus dünnflüssigen Petroleumderivaten. Auch bei korrekter Technik gelangen beim Feuerschlucken oft geringe Mengen in die Lunge. Besonders gefährlich sind aber Unfälle, bei denen sich die Feuerspucker an der Flüssigkeit verschlucken und so die Brennflüssigkeit einatmen. Diese Flüssigkeiten breiten sich dann schnell über große Flächen der Schleimhäute aus, vergleichbar mit Öl auf einer Wasserfläche", führte der Mediziner aus.

„Und was wird dadurch bewirkt?" fragte Amandus Abendroth mit menschlicher und natürlich auch Reporterneugier den Fachmann.

„Der Gasaustausch wird behindert", erklärte der Lungenfacharzt. „Der Ölfilm ist für Sauerstoff kaum zu durchdringen, so daß akute Erstickungsgefahr droht. Diese Problematik tritt aber selten sehr ausgeprägt auf. Häufiger reizt die Brennflüssigkeit die Lungenbläschen und führt zu einer chemischen Entzündung. Sie kann Teile der Lunge zerstören und die Leistungsfähigkeit dauerhaft beeinträchtigen. Die geschädigte Lunge", erläuterte er weiter, „ist sehr anfällig für Bakterien, so daß nach der chemischen Lungenentzündung oft schwere bakterielle Entzündungen auftreten. Gar nicht so selten müssen Patienten nach Unfällen beim Feuerschlucken beatmet werden. Was ja", er zeigte zum Krankenbett, „auch bei unserem jungen Freund hier der Fall war."

„Und wie ist die Perspektive meines Freundes?" wollte Amandus wissen.

„Wir kriegen ihn schon wieder hin", machte der Arzt ohne medizinisches Fachvokabular schlicht Hoffnung.

Wieder allein im Zimmer schilderte Amandus Abendroth dem Freund seine Beobachtungen beim Feuerunfall am Roland im Burghof von Bederkesa. Als er ihm erzählte, wie der Typ seine alte Hündin mit einem Fußtritt verletzte und dies zum Unfall führte, nahm Renés Gesicht einen zornigen Ausdruck an. Er hörte weiter schweigend zu, als ob er sich zu einer Entscheidung durchrang. Er wollte aber zunächst nur wissen: „Wie geht es Leica, meiner armen alten Hündin?"

„Der Tierarzt hat sie gut versorgt. Ich habe sie zu deinen Freunden auf den Künstlerhof in Cadenberge gebracht. Dort wird sie gut gepflegt und erholt sich. Sie vermißt dich aber. Ein Grund mehr für dich, bald gesund zu werden."

Der Patient nickte zustimmend und streckte den Daumen der rechten Hand nach oben.

„René", drängte Amandus Abendroth beharrlich, „das kann doch alles kein Zufall gewesen sein? Ich glaube einfach nicht, daß es sich lediglich um einen durchgeknallten Tierquäler handelt. Für solch feige Typen wären einfach Ort und Zeit falsch gewesen."

René überlegte noch eine Weile. Dann gab er sich einen sichtbaren Ruck und bestätigte mit leiser Stimme Amandus' Zweifel. „Du hast mich neulich gefragt, woher ich meinen Stoff beziehe. Ich habe den Typen am Roland zwar nicht genau gesehen, aber wie du ihn beschreibst, kann es nur Jan von der Werft gewesen sein. Eigentlich heißt er Johann, seinen Nachnamen kenne ich nicht. Er soll ursprünglich aus Hamburg stammen, war aber lange weg. Er verkauft seit einiger Zeit wirklich guten Stoff, Marihuana vom Feinsten. Ich schuldete ihm einige Hunderter und hatte keine Kohle. Du weißt, verkannte Genies, van Gogh und René."

„Wenn ich das gewußt hätte", hakte Amandus Abendroth ein, „hätte ich dir natürlich sofort ein Bild für meine Sammlung abgekauft. Oder auch nicht", verhielt er einige Sekunden, „mein sauer verdientes Geld für diese Type? Aber geholfen hätte ich dir."

„Glaube ich", meinte der arme Künstler, „aber ich wollte dich da nicht mit reinziehen."

„Komm bald wieder auf die Beine", wuschelte Mandus seinem Freund zum Abschied die langen Haare auf dem Kopfkissen des Krankenhausbettes. „Übrigens habe ich bei dir ein Bild gesehen, das ich unbedingt haben muß. Den Fischkutter auf der Oste, mit den ausladenden Fangnetzen auf beiden Seiten. Über den Preis werden wir uns einig. Und dann feiern wir den kunsthistorischen Handel mit trockenem Spätburgunder und Baguettes diverser Art im Café Neuhaus. Die hausgemachte Knoblauchsauce nicht zu vergessen."

„Das Geschäft geht in Ordnung. Knoblauchbaguette und Rotwein sollen ja auch eine wunderbare Arznei sein. Für meine Krankheit jedenfalls."

17

Jacqueline Kowalski zog die wöchentliche Zeitung des Elbe-Weser-Dreiecks aus dem Briefkastenschlitz in der Haustür. Es war eine kostenlose Anzeigenzeitung mit journalistischem Anspruch, die an alle Haushalte verteilt wurde. Sofern diese nicht zu abgelegen am Deich oder im Forst lagen, wo der Verlag den Anspruch, alle Haushalte zu erreichen, den Verteilerkosten unterordnete.

Im Wohnzimmer setzte sie sich auf das ältliche Plüschsofa und schlug die langen, wohlgeformten Beine übereinander. Sie blätterte in der kostenlosen Wochenlektüre und besah sich Anzeigen von Modegeschäften und Supermärkten. Sie blätterte weiter und zuckte unwillkürlich zusammen. Es war das gleiche Photo, wie es ihr und John vor kurzem von dem Polizisten gezeigt worden war. Sie blickte noch wesentlich länger auf das Gesicht mit geschlossenen Augen, als in Anwesenheit des Polizeibeamten. Ihre Mimik und Gestik hätten einem Beobachter mitgeteilt, daß sich in ihr eine stark auf- und absteigende Gefühlsskala bewegte, sowohl den Hoch- als auch den Tiefpunkt erreichte und sich gleichzeitig widersprüchlich verwob.

Über dem Photo stand die Überschrift: „Wer kennt den Toten von der Geversdorfer Fähre?" Sie studierte den dazugehörigen Text. Obwohl ihre deutschen Sprachkenntnisse nicht perfekt waren, waren sie doch besser, als sie anderen gegenüber zurückhaltend vorgab. Sie reichten aus, um das Wesentliche des Inhalts zu erfassen. Jacqueline blieb lange mit der aufgeschlagenen Zeitung auf den Knien sitzen. Nach einer Weile rutschte das Elbe-Weser-Wochenblatt auf den Boden.

Sie hob die Anzeigenzeitung auf, um sie auf den Tisch zu legen. Dabei fiel ihr Blick auf zwei nebeneinander abgebildete Photos. Diese waren mit der Fettdruckzeile unterlegt: „Gibt es eine Gegenkandidatur bei der SPD?" Der Text des Artikels bewegte sich im Spekulativen. Konkrete Quellen wurden nicht genannt. Statt dessen berief sich das Anzeigenblatt auf „gut informierte Kreise des SPD-Ortsvereins". Unter den Photos von Dr. Marco Hoffmann und Gerda Meyer-Holzmann waren jeweils Angaben zur Person abgedruckt. Die junge Äthiopierin las beide mit großer Aufmerksamkeit. Sie machte sich Notizen, holte das örtliche Telephonbuch aus einem niedrigen Holzschrank, suchte eine Nummer heraus und griff zum Hörer.

Dann warf sie sich einen leichten Umhang über das Jackett ihres Hosenanzuges, griff sich im Flur den Autoschlüssel und verließ das Haus durch die Tür zum Hof der Werft. Sie öffnete die Wagentür ihres roten Mini Cooper, fuhr durch die Deichlücke geradeaus, bog links ab, zwischen der St. Andreas-Kirche und Schlecker hindurch und nahm den Weg durch die Felder am Fleth entlang nach Cadenberge. Gleich am Ortseingang bog sie rechts ab, fuhr die Straße mit den Wohnhäusern entlang und hielt auf dem Parkplatz vor dem Gemeindehaus. Sie öffnete die gläserne Eingangstür und blickte sich um. Eine freundliche Frau mittleren Alters trat aus einer Tür und fragte die Afrikanerin: „Wollen Sie zur Sprechstunde von Refugio?"

„Ja, bitte", bestätigte Jacqueline Kowalski.

„Dann kommen Sie doch bitte mit", wurde sie freundlich eingeladen.

18

Amandus Abendroth ärgerte sich in seinem häuslichen Arbeitszimmer, daß auch die anderen Zeitungen der Region über den Toten auf der Fähre berichteten. Sogar die Anzeigenblätter, wo dies doch eine Story für richtige Journalisten war und keine für Füller von Anzeigenzwischenräumen. Er wußte, daß diese Aufwallung ungerecht war und auch die Kollegen der kostenlosen Blätter überwiegend einen guten Job machten und Profis waren. Aber er war überzeugt, daß diese Geschichte seine Story war. Und deshalb mußte man nicht auch noch journalistisch ausgewogene Gefühle haben. Außerdem gingen die Pressemitteilungen der Polizei an alle Redaktionen. So war das Geschäft, und so war es auch in Ordnung.

Er stieg die Treppe hinab in die Küche und sah nach dem Römertopf. Das Hähnchen duftete bereits köstlich, als er die Klappe des Backofens öffnete. Um das Geflügel vom Bauern aus der Nachbarschaft hatte er geschälte Zwiebeln, Tomaten und frisches Gemüse gruppiert. Dazwischen steckten zahlreiche Knoblauchzehen, alles gut gewürzt. Es war kein Kochbuchrezept, sondern seine eigene lukullische Kreation. Wichtig war, daß die Zubereitung nicht allzu viele Umstände bereitete und das Mahl irgendwie französisch wirkte. Französische Küche nach Hadler Art.

Während der Römertopf selbständig arbeitete, konnte er noch einen Artikel schreiben oder die Zeit anders nutzen, beispielsweise zum energischen Kürzen seines Bartes auf eine gefällige und gepflegte Länge. Gesagt – getan. Danach duschte er sich die feinen Barthärchen vom Körper, zog ein frisches hellblaues

Hemd an und tauschte seine abgewetzte Jeans gegen die neue, bisher ungetragene aus dem Kleiderschrank. Er deckte den großen, groben Holztisch mit rotem Porzellan, stellte Wein- und Wassergläser neben die Teller und die Flasche Châteauneuf du Pape von Marktkauf auf die Anrichte des antiken Küchenbüffets gleich neben das frische Baguette der örtlichen Bäckerei. Die französischen Käsevariationen zum Dessert standen noch im Kühlschrank. Der grüne Salat war zum Anmachen vorbereitet. Nun konnte Anke Tiedemann kommen.

Es wurde ein richtig netter und gemütlicher Abend. Anke Tiedemann lobte seine Künste als Küchenmeister und er ihre charmante Gesellschaft. Sie aßen, tranken, lachten und erzählten sich gegenseitig ohne Unterlaß Geschichten aus der Welt und ihrem Leben. Der Abend verging wie im Fluge. Bei Ankes Aufbruch zu später Stunde waren beide der Meinung, daß solch ein Treffen außerhalb der Fremdenverkehrsverbindung durchaus zu wiederholen wäre.

Mandus begleitete Anke zu ihrem Auto, das in der Nähe der Werft geparkt war. Auf dem Weg dorthin konnten beide auf die Oste blicken. Vor der Werft hatte scheinbar ein größeres Wasserfahrzeug festgemacht. Man konnte es im Dunklen von ihrem Standort aus nicht genau erkennen, aber es war sicher größer als eine Yacht. Anke bemerkte mit einer Mischung aus Scherz und Ernst: „Auf der Werft wird heute wohl eine Nachtschicht eingelegt."

„Wer weiß", erwiderte Mandus, „vielleicht sehe ich mir das noch mal genauer an."

„Das hat doch wohl Zeit bis morgen", zeigte sich Anke über die Auswirkung ihrer Feststellung besorgt. „Paß auf dich auf."

Sie gaben sich einen Abschiedskuß auf die Wange und hielten kurz inne. Es folgte zwar kein weiterer Kuß, aber ein einverständliches Lächeln mit den Worten „bis dann" und „bis bald". Mandus winkte dem abfahrenden Golf hinterher.

Mit der Inspektion der Werft wartete Amandus Abendroth nicht bis zum nächsten Morgen. Er bewegte sich vorsichtig auf die große Hecke zu, die den Hof der Werft vom weiteren Ufer der Oste und der stillgelegten Fähre abschirmte. In der Dunkelheit meinte er erkennen zu können, daß am Anleger der Werft ein größeres Schiff festgemacht hatte. Ein größeres Schiff für die Verhältnisse der Oste. Es konnte ein Küstenmotorschiff sein, da der Nebenfluß der Elbe durchaus für Schiffe mit bis zu tausend Tonnen Tragfähigkeit beschiffbar war, sogar etwas darüber hinaus.

Er sah Bewegung am Anleger, konnte aber nichts Genaues erkennen. Er tastete sich an der Hecke entlang, bis er auf eine weniger dicht bewachsene Stelle traf. Sie gab einen Blick auf den Hof der Oste-Werft frei. Im undeutlichen Licht des wolkenumzogenen Halbmondes konnte er die Bewegungen besser erkennen. Er nahm schemenhaft Gestalten wahr, die sich vom Kümo zur Werft und zurück begaben. Da er sie nicht erkennen und unterscheiden konnte, blieb auch ihre Anzahl für ihn im Dunklen. Zwei oder drei, vermutete er.

Sie schienen Lasten vom Schiff zur Werft zu tragen. Dies geschah in einem ruhigen Arbeitsgang, fast gemächlich, jedenfalls wirkte es unaufgeregt. Die transportierten Lasten verschwammen mit den Schatten der Nacht. Amandus Abendroth gewann den unsicheren Eindruck, daß es Säcke sein könnten, aber nicht in der Art von Kartoffelsäcken. Nein, die Gegenstände erinnerten ihn mehr an größere Plastikverpackungen, gefüllt mit Blumenerde, wie er sie in Gärtnereien gesehen hatte und wie sie in Garten-Centern an Blumenfreunde verkauft wurden.

Mehr konnte er zu diesem Zeitpunkt nicht erforschen. Jedenfalls nicht, ohne die dunklen Gestalten per Handschlag zu begrüßen. Vielleicht war alles harmlos, und sie hätten ihn zum Mittragen eingeladen, damit er sich ebenfalls etwas Schwarzgeld verdienen könne. Das war kein unübliches Einkommen in der Region. Aber die Recherche stellte er für diese Nacht lieber zurück. Er nahm sich vor, am nächsten Tag Heiner Drewes und Fritjof Martens in der Cadenberger Polizeidienststelle aufzusuchen, um ihnen einen Deal zwischen Presse und Polizei nach hanseatischer Art vorzuschlagen. Das waren Geschäfte, von denen beide Seiten profitierten.

19

Es war eine dieser Nächte, in denen Amandus Abendroth nicht gut schlief. Ihm war trotz abgestellter Ölheizung zu warm, er wälzte sich unruhig von einer Seite auf die andere, drehte das Federbett in Abständen um, aber auch die kühlere Oberseite ließ keine entspannte Nachtruhe eintreten. Er stand auf, ging die Treppe zur Küche hinunter und zündete sich eine Zigarette an. Leider, da er nach zehn Jahren als Nichtraucher seit dem Scheidungsstreß vor drei Jahren wieder damit begonnen hatte.

Er faßte einmal mehr den Vorsatz, regelmäßig Sport zu treiben, Kneipenbesuche und Wein zu reduzieren, negativen Streß zu vermeiden sowie mit dem Rauchen aufzuhören. Dann würde sich der erquickende und labende Schlaf ohne einen Gedanken daran einstellen, wie von der Natur vorgesehen. Die Natur allerdings hatte in dieser Nacht andere Pläne mit ihm und dazu noch den Vollmond ans Firmament gestellt.

Er stieg die Treppe wieder hinauf, ging ins Bett, löschte die Nachttischlampe und begann einen neuen Versuch. Nach wenigen Minuten schaltete er das Licht wieder ein und griff nach den beiden Bänden auf dem Nachtschrank. Die Sagen aus Niedersachsen und die Döntjes von der Niederelbe wirkten in der Regel beruhigend und entspannend auf ihn. Es waren keine aufregenden Überraschungen zu erwarten, zumal er sie fast alle selbst erzählen konnte. Die literarische Droge erzielte in dieser Nacht aber nur Teilerfolge. Gegen sechs Uhr stand er endgültig auf.

Er schaltete die Nachrichten des NDR-Infosenders ein, filterte den Kaffee direkt in die rote Thermoskanne und buk sich auf dem Toaster ein Brötchen von gestern auf. Ein Rest Orangenmarmelade fand sich noch im Kühlschrank. Nach diesem opulenten Frühstück und der traumhaften Nacht war er in der richtigen Stimmung, um einen herzhaften Kommentar zum Thema Ehrenamt und Politikverdrossenheit zu schreiben. Er ahnte, daß es nicht die gedruckte Endfassung sein würde.

„Kürzlich wurde ein Bürgermeister im Landkreis Cuxhaven für dreißig Jahre ehrenamtliche Tätigkeit in der Kommunalpolitik mit einem Festakt geehrt. Er dankte insbesondere seiner Frau, ohne die dies nicht möglich gewesen wäre. Sie hätte ihm dreißig Jahre lang den Rücken freigehalten und in dieser Zeit auch die Kinder großgezogen. Daß der Kommunalpolitiker sich dreißig Jahre nicht um seine Kinder gekümmert hatte, wollen wir hier nicht weiter kommentieren, obwohl er die Ehe und diese Kinder dreißig Jahre lang in seinen Wahlkampfbroschüren hervorgehoben hatte."

Amandus Abendroth blickte aus seinem Arbeitszimmer auf die Oste und war sich sicher, daß bereits diese harmlose Formulierung eine Empörungswelle unter den Kommunalpolitikern auslösen würde. Nun wollte er die erste Welle durch langsames Steigern der Windstärke in einen kräftigen Wellengang übergehen lassen.

„Wenn dieser Ehrenamtliche seiner Frau regelmäßig mitgeteilt hätte, daß ein Kommunalpolitiker nicht nur einen Rücken hat, um den sich eine Frau kümmern sollte, sondern auch eine Vorderseite des Körpers, dann hätte er in den letzten dreißig Jahren nicht so häufig fremdgehen müssen."

So, dachte der kritische Kommentator des Ehrenamtes in der Kommunalpolitik, nun wollen wir aus dem ansteigenden Wellengang doch mal eine Sturmflut entstehen lassen.

„Der geehrte Kommunalpolitiker stellte überzeugend dar, daß er sich dreißig Jahre für das Allgemeinwohl eingesetzt habe. Allerdings habe er sich häufig gefragt, warum er sich das alles antue? Wofür das alles? Die Antwort könnte lauten: Für viel Geld. Jedenfalls, wenn er – wie in unserem Fall – auf allen Ebenen der Kommunalpolitik hohe Ehrenämter einnimmt. Ehrenamt und Geld? Sogar viel Geld, mag der geneigte Leser fragen.

Wir schlüsseln die ehrenamtlichen Monatsbezüge auf, wohlgemerkt, alles zusätzlich zum Monatsgehalt aus dem Hauptberuf: Mitglied des Gemeinderates 35 Mark, Bürgermeister 520 Mark, Mitglied des Samtgemeinderates 300 Mark, Fraktionsvorsitzender oder stellvertretender Samtgemeindebürgermeister 450 Mark, Fahrkostenpauschale 50 Mark, Mitglied des Kreistages 530 Mark, stellvertretender Landrat oder Fraktionsvorsitzender im Kreistag 795 Mark, plus Fahrkostenentschädigung von 0,52 Mark pro Kilometer. Für solche Beträge muß eine alte Frau aus Ihrem Dorf lange stricken.

Wir könnten unserem geehrten Kommunalpolitiker also noch präziser antworten: Sie tun sich dies alles für mindestens 2680 Mark im Monat an. Fahrkostenerstattung für den Kreistag und Entschädigungen sowie Sitzungsgelder von regionalen Aufsichts- und Verwaltungsratsmandaten nicht gerechnet. Das macht im Jahr 32.160 Mark und in dreißig Jahren 964.800 Mark.

Rechnet man die durchschnittlichen Zinsen hinzu, hat Sie das Ehrenamt zum Millionär gemacht.

Nehmen wir fairerweise mal an, Sie hätten alle diese Ämter nur zehn Jahre innegehabt, die restlichen zwanzig Jahre dieses oder jenes weniger. Dann hätte Ihnen der Steuerzahler für Ihr Ehrenamt trotzdem ein schönes Einfamilienhaus und je einen Pkw der Oberklasse für Ihre Doppelgarage finanziert. So manche nette Urlaubsreise wird auch noch drin gewesen sein.

Geehrter Kommunalpolitiker, Ihre Ämter sind sicherlich wichtig und die diversen Aufwandsentschädigungen seien Ihnen gegönnt. Aber, hochgeehrter Herr Wichtig, werfen Sie bitte nie mehr die Frage auf, wofür Sie sich dies alles antun."

Amandus Abendroth war sich darüber im Klaren, daß diese Fassung in einer abgeklärteren Stunde noch einmal erheblich zu überarbeiten wäre. Aber selbst eine um die Vorder- und Rückseite des Kommunalpolitikers abgespeckte Fassung würde in der Redaktionskonferenz noch heftige Diskussionen auslösen. Wahrscheinlich würde sie gleich ihren Bestimmungsort im Papierkorb des Chefredakteurs finden.

Er sah auf seine Armbanduhr. Das Erbstück seines Vaters zeigte neun Uhr an. Er schaltete den Laptop aus und klappte ihn zu. Die hellbraune Lederjacke warf er sich über die Schulter, dann auf den Rücksitz des alten Benz, dessen Farbe nach Herstellerangabe einst nachtgrünmetallic gewesen sein sollte. Inzwischen, warf er einen Blick auf sein Fortbewegungsmittel, paßte die Feld-, Wald- und Wiesenfarbe gut in die Landschaft, als ob das Auto eine Kreatur des Elbe-Weser-Dreiecks wäre.

Amandus Abendroth parkte vor der Polizeidienststelle in Cadenberge und betrat nach wenigen Schritten das Büro von Heiner Drewes und Fritjof Martens. Beide mußten kurz vor seinem Eintreffen zurückgekehrt sein, denn er hatte ihren grün-weißen Polizeiwagen einige hundert Meter vor sich am Bremerschen Schloßpark Richtung Rathaus und Polizeistation abbiegen sehen. Im Büro traf er aber nur Heiner Drewes an.

„Oh, welche Ehre", begrüßte ihn der Polizeioberkommissar mit kunstvoller Grandezza, „die Presse begibt sich in die Niederungen der lokalen Sicherheitskräfte."

„Moin, moin", beantwortete er das höfische Begrüßungszeremoniell eines spanischen Granden mit der sprachlichen Wortkargheit eines Ostfriesen, die er schauspielerisch überzeugend imitierte und als passenden Kontrast empfand.

Nach dieser kleinen Einlage aus dem Repertoire des ländlichen Laientheaters kam Oberkommissar Drewes zum Dienstgeschäft zurück und fragte interessiert: „Was können wir für die Presse tun?"

„Also", begann Amandus Abendroth sehr gedehnt, „die Zusammenarbeit zwischen Polizei und Presse funktioniert hier in der Gegend ja bekanntermaßen gut. Und vertrauensvoll. Auch zwischen uns."

„Das stimmt. Kann ich bestätigen", ging Heiner Drewes abwartend auf diese Eröffnung ein.

„Nun gut", gab sich der freie Mitarbeiter des Oste-Kuriers einen Ruck, „ich will nicht lange um den heißen Brei herumreden. Ich habe zwei Informationen, die für euch wichtig sein könnten. Auf der anderen Seite muß ich auch professionell denken."

„Das heißt?" fragte der Polizist zurückhaltend, aber gleichzeitig interessiert.

„Das heißt", verdeutlichte Amandus Abendroth, „falls und wenn aus meinen Informationen etwas folgt, dann möchte ich die Geschichten exklusiv haben und im Oste-Kurier veröffentlichen."

„Nun hör mal gut zu", beschied ihn Drewes, „wie du weißt, arbeite ich – erstens – nicht das erste Mal mit der Presse zusammen. Wenn du Beweismaterial für polizeiliche Ermittlungen hast und dies unterdrückst, machst du dich strafbar. Und zweitens arbeiten wir mit allen Presseorganen in der Region zusammen. Das gehört zu unserem professionellen Denken."

„Dann hör du auch mal gut zu, mein lieber Heiner", erwiderte Amandus Abendroth, „wir können jetzt offizielle Statements austauschen. Du weißt wahrscheinlich, daß ich als Journalist nicht alles auf den Tisch legen muß. Schon mal was von Informantenschutz gehört?" Er wußte zwar, daß dieses Argument bei seinen Informationen nicht besonders stichhaltig war, aber Bluffen gehörte gelegentlich zum Handwerkszeug.

„Außerdem", fuhr er fort, „weißt du auch, daß der Oste-Kurier im Lande Hadeln der lokale Platzhirsch ist. Die anderen Zeitungen berichten zwar hin und wieder auch aus dieser Gegend, ist aber nicht deren Schwerpunkt. Das dürfte dir als Kommunalpolitiker doch bekannt sein", öffnete er ein Geheimfach und legte daraus eine Lockspur.

Heiner Drewes analysierte unter seinem akkuraten Scheitel kurz die Lage und kam zu dem Schluß, daß eine wichtige Information für die Sache und für ihn gut sein könnte, ein gutes Verhältnis zur Lokalpresse selbstverständlich ebenfalls.

„Erzähl mir doch endlich", nahm er das Gespräch versöhnlich wieder auf, „worum es überhaupt geht. Dann können wir das vertrauensvolle Verhältnis zwischen Lokalpresse und lokaler Polizei festigen. Sofern dienstrechtlich alles in Ordnung ist."

„Die Polizei ist doch bestrebt, die Identität des Toten von der Fähre zu klären", kam Amandus Abendroth zur Sache.

„Unbedingt", bestätigte der Polizeioberkommissar, wobei Amandus Abendroth nicht sicher war, ob er ein kurzes Aufblitzen in Heiners Augen wahrgenommen hatte.

„Dann möchte ich euch doch gerne dabei helfen", bereitete er die weitere Information nun seinerseits mit gespielter Grandezza vor. „Ich weiß, wer der Tote von der Fähre ist", ließ er die Katze aus dem Sack und sah Heiner Drewes beifallsheischend an.

„Ich auch", gab dieser seinerseits nun mit Schauspielkunst in trockener Knappheit nach Ostfriesenart zurück und grinste.

Der eben noch frohgemute Lokalreporter schluckte. „Mist", dachte er, das war der erste Handel nach hanseatischer Art mit der Polizei, von dem nur die Hanseaten etwas hatten.

„Wir sind ja nicht dümmer als die Polizei erlaubt", schwamm Heiner leutselig auf seinem Oberwasser. „Er heißt Gebre Hailemariam Bekele und war Student an der Carl-von-Ossietzky-Universität in Oldenburg. Die Pressemitteilung der Kripo Cuxhaven plus Photo wurde auch in der Nordwest-Zeitung veröffentlicht. Die

Universitätsverwaltung hat daraufhin unsere Kollegen in Oldenburg informiert."

„Und wollt ihr das per Pressemitteilung veröffentlichen?" war der Freie um seine Story besorgt.

„Auf keinen Fall zu diesem Zeitpunkt. Aus ermittlungstaktischen Gründen. Das ist bisher alles, was wir über den Toten in Erfahrung bringen konnten. Weißt du mehr?"

Als Antwort lobte Amandus Abendroth die hervorragende Arbeit der Polizei und hielt sich ansonsten bedeckt.

„Was ist denn nun die zweite Information?" wollte der Polizeibeamte vom Pressevertreter wissen.

Amandus Abendroth berichtete die wesentlichen Punkte aus dem Gespräch mit René im Harburger Krankenhaus, die für die Polizei von Interesse waren. In diesem Fall bestand er auf dem Informantenschutz für seine Quelle. Anschließend schilderte er seine Beobachtungen, die er gestern am späten Abend an der Geversdorfer Oste-Werft gemacht hatte.

„Das ist nun wirklich sehr interessant und spannend", kommentierte der Polizeimann die Berichte des Reporters. „Wir haben zwar schon mal vage Andeutungen in dieser Richtung gehört, aber nichts Konkretes. Wir hielten es auch für möglich, daß rein fremdenfeindliche Absichten hinter diesen Gerüchten steckten. Nach deinen Informationen werden wir die Sache gezielt beobachten."

„Und? Weiter? Hast du nichts vergessen?" bewegte Mandus die Fingerspitzen seiner rechten Hand mehrfach von Heiner zu sich selbst.

„Habe ich nicht. Falls etwas passiert, wirst du exklusiv, korrekter gesagt, als erster darüber berichten", bestätigte er den Handel nach hanseatischer Art zwischen Presse und Polizei.

20

John Kowalski betrat nacheinander alle Zimmer des Wohnhauses an der Werft, schaltete das Licht ein und wieder aus. Im Büro warf er einen Blick auf seinen wohlgeordneten Chefschreibtisch. Vorne rechts lag ein dickes Buch, das er in die Hand nahm. Er schlug es an der mit einem Lesezeichen markierten Stelle auf und las halblaut den angestrichenen Vers „Ich will dich den Weg der Weisheit führen; ich will dich auf rechter Bahn leiten".

Er konnte keinen Widerspruch zwischen seinen religiösen Anwandlungen und seinen Geschäften in West- und Ostafrika sowie denen an der Niederelbe erkennen. Denn waren wir nicht alle mit unserem Handeln und Denken Gottes Geschöpfe? Sowohl die Guten, als auch die Sünder. Er fügte das Lesezeichen wieder zwischen die aufgeschlagenen Seiten, klappte die Familienbibel zu und ließ sie zurück auf den Schreibtisch gleiten. Da ihn auch Spruch 4,11 bei seiner Suche nicht weitergebracht hatte, verließ er das Haus durch die hintere Tür zum Werfthof.

Den Weg über den finsteren Hof beleuchtete er in Abständen mit einer Stablampe. Auf der entgegengesetzten Seite der Werft stieg er eine gewinkelte Metalltreppe empor und stand vor einer verschlossenen Eingangstür. Durch die Fenster neben der Tür fiel kein Licht. Er zog sein Schlüsselbund aus der Tasche, schloß auf und schaltete das Licht ein. Der frühere Aufenthaltsraum der Werftarbeiter machte keinen besonders wohnlichen Eindruck. Metallschränke an den Wänden, eine nicht abgespülte Kaffeetasse sowie drei leere Bierflaschen auf der Plastikbeschichtung des Tisches, dazwischen ein Aschenbecher mit drei ausgedrückten Filterlosen. Die Tür zur Toilette und den Waschräumen war angelehnt.

In der hinteren Ecke des Raumes war ein robustes Feldbett aufgeschlagen, darauf lag ein ordentlich zusammengelegter, grün-schwarzer Schlafsack. Am Kopfende und an einer Längsseite war die provisorische Lagerstatt von halbhohen, dunkelbraunen Holzschränken eingerahmt.

Auf diesen waren ganz akkurat sechs Totenköpfe in gleichen Abständen angeordnet, zwei am Kopfende, vier auf der Längsseite. Zwischen den zwei weißen Totenschädeln am Kopfende lag ein blitzender Krummdolch. John Kowalski prüfte die Klinge mit dem linken Daumen. Sie war glatt und rasiermesserscharf. Er schien nicht überrascht zu sein, grinste sogar und schüttelte dann den Kopf wie eine alte Ehefrau über schlechte Angewohnheiten ihres Mannes, die er einfach nicht ablegte.

Von der Metalltreppe her klangen Schritte, und die Tür wurde geöffnet. Der Bewohner dieser Unterkunft trat ein, gefolgt von einem kräftigen Afrikaner in einem gut geschnittenen dunkelblauen Anzug.

„Hey John, was soll das?" schnauzte der sehnige Kurzhaarige ihn an. „Spionierst du meine Wohnung aus?"

„Hi Taylor, how are you?" begrüßte John Kowalski zunächst den Afrikaner, ohne eine Antwort auf die Frage zu erwarten. „Hi, John", erwiderte dieser und nestelte dabei an seiner Goldrandbrille herum.

„Und nun zu dir, mein lieber Jan", wandte sich John Kowalski an den Schnauzer. „Dies ist meine Werft und somit auch meine Wohnung. Sei froh, daß ich sie dir überlassen habe", rückte der Werftbesitzer die Kleiderordnung zurecht.

„Ich bin deshalb hier", fuhr er fort, „weil ich Jacqueline suche. Sie ist nirgends im Haus zu finden. Wie vom Erdboden verschluckt. Jan, weißt du, wo sie ist?"

„Warum nennst du sie eigentlich immer Jacqueline? Mit ihrem Künstlernamen?" plänkelte der Angesprochene zunächst herum. „Selam hört sich doch viel besser an. Und heißt auch noch Frieden." Die Ironie sollte gar nicht überhört werden.

„Das geht dich gar nichts an. Weißt du, wo sie ist?"

„Keine Ahnung. Ehrlich nicht", nahm er sich scheinbar zurück, um dann fortzufahren, „vielleicht fühlt sie sich schlecht von dir behandelt. Manchmal darf sie sich als Prinzessin fühlen, meist aber als Sklavin – was ich vollkommen in Ordnung finde. Oder sie will wieder berufstätig werden – als Jacqueline", fügte er herausfordernd hinzu. „Aber ob Jacqueline oder Selam, mit dem Nachnamen Kowalski hört sich doch beides Scheiße an", meinte er nun den Schlußpunkt unter die Gegenattacke wegen der Revierverletzung setzen zu können.

„Spiel dich bloß nicht weiter auf, Johann Vandenbrook", schoß John Kowalski zurück, „und bedanke dich höflich, daß du hier unterschlüpfen konntest. Du Idiot hattest eine anständige Abfindung und saubere Entlassungspapiere und hast nichts besseres zu tun, als im Saarbrücker Rotlichtmilieu einem Luden die Eier abzuschneiden." Er deutete auf den Krummdolch.

„Alte arabische Schule", blies Johann Vandenbrook sich auf. „Meistens wollten sie einem damit zwar an die Kehle, zack, aus dem Burnus heraus." Er spielte eine blitzschnell von der Hüfte nach oben gezogene Armbewegung vor und stoppte die Hand kurz vor John Kowalskis Adamsapfel. „Aber wir haben sie schneller enteiert, als sie gucken konnten. Der Lude hatte selber schuld. Mich beim Zocken um fünftausend Eier zu bescheißen. Die mußte er wieder rausrücken. Plus zwei. Als Strafpunkte."

„Damit hab ich nichts zu tun, und damit will ich nichts zu tun haben", beschied ihm John Kowalski. „Bau bloß hier keine Scheiße mehr. Irgendwie habe ich den Verdacht, daß du dich mit unserer Ware als Einzelhändler hier in der Gegend betätigst. Das würde dir nicht gut bekommen. Merke dir, ich bin der Groß- und Außenhandelskaufmann hier im Revier."

„Wie kannst du nur auf eine solche Idee kommen?" war alles, was Johann Vandenbrook antwortete. Er blickte aus dem Fenster in die Nacht hinaus.

„Let's talk about business", klinkte sich Taylor in das deutsche Gespräch ein. Das Geschäftliche wurde auf Englisch fortgeführt.

„Die letzte Ladung ist vorgestern aus Nigeria mit dem Schiff in Hamburg angekommen", berichtete Taylor. „In zwei bis drei Tagen, wahrscheinlich übermorgen, kommt ein Container mit einer Spedition hier auf die Werft."

„O.k.", nahm der Werftbesitzer diese Information zur Kenntnis. „Und dann wie üblich? Mit Lieferwagen und Kombi weiter. Eine Ladung über Bremen, Oldenburg und die A 28 hinter Leer nach Holland?"

„Right", bestätigte Taylor. „And the other load to Berlin. Business as usual."

„And cash as usual", setzte Johann Vandenbrook fordernd hinzu. Taylor nickte. Damit war die nächtliche Konferenz der internationalen Geschäftsleute beendet. Johann Vandenbrook holte ein Sixpack Jever aus einem Stahlschrank und stellte es auf den Tisch. John Kowalski trank sein Bier zügig aus und verließ die Runde. Auf dem Gang zur Metalltreppe zeigte er in Richtung Bett und fragte auf Deutsch: „Mußt du deine Trophäen eigentlich überall mit hinnehmen?"

„Sicher. Die sind alle selbst geschossen – ob Schonzeit oder nicht, war in Afrika nicht so wichtig. Andere hängen sich Urkunden zum 25jährigen Dienstjubiläum an die Wand."

„Übersetz das doch mal für Taylor", gab John Kowalski voller Zynismus zurück und verließ den heimeligen Raum.

21

Dr. Marco Hoffmann bog am Hotel Peter von der B 73 in die waldreiche Wingst ab. Daß es sich im Hotel gut essen ließ, und die Oehlschläger-Stuben darin nach dem Maler benannt waren, der seine Gaumengenüsse mit Gemälden bezahlte, interessierte ihn heute nicht. Um zwanzig Uhr begann die Ortsvereinsversammlung, die den Kandidaten oder die Kandidatin für das Bundestagsmandat vorschlagen sollte. Daß es ein Kandidat sein würde, davon ging er aus.

Er kam direkt aus Teresa Holtlands Duhner Ferienwohnung, statt aus dem Wahlkreisbüro, wie seine Frau zu wissen glaubte. Er war mit Teresa noch einmal seinen Auftritt durchgegangen, und sie hatte einige Tips aus weiblicher Sicht beigesteuert, selbstlos, wie sie war. Außerdem hatte sie sein uneingestandenes Lampenfieber und den etwas steifen Körper mit einigen kunstvollen weiblichen Techniken umsorgt und lustvoll entspannt. Das hatte ihn lockerer gemacht, obwohl er das Geschäft und die Partei seit mehr als fünfundzwanzig Jahren kannte.

Die Telephondrähte im Vorfeld von Entscheidungen heiß glühen zu lassen, gehörte zum elementaren Handwerkszeug des Politikers. Mit Vertrauten sprechen, lokale Meinungsführer gewinnen, joviale Schnacks mit den Distriktsvorsitzenden der sieben Dörfer halten, mit dem Juso-Vorstand über Chancengleichheit in der Bildung diskutieren, mit dem örtlichen DGB-Kartell die Arbeiterbewegung beschwören, Sympathisanten pflegen, schwankende Genossen stabilisieren sowie unsichere Genossinnen hofieren.

Einem Genossen hatte er noch einen besonderen Floh ins Ohr gesetzt. Es waren zwei Bemerkungen über Gerda Meyer-Holzmann, die er im umgekehrten Fall als intrigante Gemeinheiten gegeißelt hätte. Mal sehen, ob der Genosse sich dafür dankbar zeigte, daß der Abgeordnete Dr. Hoffmann seine Eingabe an den Petitionsausschuß des Bundestages unterstützt hatte. Für solche niederen Grabenkämpfe brauchte man loyale Hilfstruppen. Schon die Geschichte zeigte, bemühte er gedanklich einen etwas hinkenden Vergleich, daß der Brutus nie der neue Cäsar wird.

Seine Leute organisierten Fahrgemeinschaften für ältere Genossinnen und Genossen als solidarisches Hilfsangebot, natürlich für jede andere Altersklasse ebenfalls. Bei den vorbereitenden Telephongesprächen und während der Fahrt wurde ganz nebenbei, gelegentlich auch direkter, das richtige Wir-Gefühl erzeugt. Marco und wir. Einer von uns. Gerda Meyer-Holzmann und ihre Genossinnen würden allerdings ebenfalls mobilisieren. Auf ihre Art und Weise. Darin waren die sozialdemokratischen Frauen durchaus versiert.

Er durchfuhr die Linkskurve, von welcher ein kleiner Abzweig zum Parkplatz des Babyzoos führte, direkt neben dem Kurpark. In jüngerer Zeit wurden hier auch ausgewachsene Tiere gehalten, einheimische und Exoten. Ob sie die Nähe zum Park und zu den Kureinrichtungen als Erholungsurlaub aus heimischen Gefilden betrachten konnten, ließ er dahingestellt. Gut vorstellen konnte er sich allerdings eine korrigierte Einladung an die Arbeitsgemeinschaft sozialdemokratischer Frauen, die als heutigen Tagungsort das Gehege der bengalischen Königstiger bestimmte.

Aus dem kleinen See vor dem Hotel Waldschlößchen schoß eine beleuchtete Wasserfontäne in die Höhe. Sie gefiel ihm immer wieder, weil sie ihn an eine Miniaturausgabe des Jet d'eau im Genfer See erinnerte, der gewaltigen Fontäne, die sowohl vom Palais des Nations, dem Sitz der UNO, als auch der Genfer Seepromenade zu erblicken war. Am besten – spann er den Faden weiter – war sie von der Anlegestelle der Seedampfer aus zu sehen, wo die österreichische Kaiserin Elisabeth 1898 erstochen worden war. Bei aller Kampfbereitschaft unterdrückte er diesen Gedanken an einen politischen Mord augenblicklich, da er Romy Schneider und die Sissi-Filme einfach rührend und schön fand. Bengaltiger mußten zur mentalen Einstimmung für heute reichen.

Er erreichte den Turnierplatz des Unterelbischen, wie der Reit- und Fahrverein hier kurz genannt wurde. Heute bestrahlten keine Scheinwerfer das beliebte Nachtspringen und das gesellige Treiben in der Hippo-Gastronomie vor den Tribünen. Paul Schockemöhle, Stefan Aust sowie die übrigen Reitsportfreunde aus Nah und Fern hatten ihre Rasse- und Klassepferde längst wieder abtransportiert.

Gegenüber bog er in die Auffahrt zum Forsthaus Dobrock ein und stieg die Treppe zur Terrasse und zum Eingang des Gasthauses hinauf. Es war das Restaurant und Café mit der schönsten Lage in der Gegend, wie er fand, am Hang vor dem Wald gelegen, mit Blick auf einen idyllischen Teich vor dem Eldorado des Pferdesports an der Niederelbe.

Dr. Marco Hoffmann betrat den Saal und verschaffte sich einen ersten Überblick. Alle 262 Parteimitglieder des Ortsvereins waren eingeladen worden, schätzungsweise 120 waren erschienen. Es schienen mehr Genossen als Genossinnen an den langen Tischen zu sitzen, andere noch stehend und schwatzend. Das war gut so, obwohl wesentlich mehr Frauen anwesend waren als üblich. Das war weniger gut. Besser war schon wieder, daß die Nichte des Parteivorsitzenden aus seinem Hauptstadtbüro an die heimatliche Parteibasis gereist war und eine Gruppe Frauen im vertrauten Gespräch um sich versammelt hatte.

Er ging gleich in die Offensive und setzte die Erkenntnisse von Kommunikationsfachleuten um. Erstens: Lächeln ist die schönste Botschaft. Zweitens: ein Handschlag verbindet und bildet die Brücke zum Kunden. Marco Hoffmann ging von Tisch zu Tisch und begrüßte jedes einzelne Parteimitglied mit Handschlag, kleinem Spruch und Dauerlächeln. So viel Zeit mußte sein. Selbst Gerda Meyer-Holzmann ließ er nicht aus, verstärkte sogar die Charmeattacke, sich der Beobachtung von den Nachbartischen wohl bewußt. Souveränität und menschlich anständiger Umgang wurden bei den Sozialdemokraten sehr geschätzt, jedenfalls von der Basis.

Bevor er zum Podium ging, begrüßte er noch Amandus Abendroth mit Handschlag und den jovialen Worten: „Schön, daß die Niederelbe-Times uns beehrt."

Der so Begrüßte fand diese Art nur mittelmäßig witzig und gab etwas hintersinniger zurück: „Jeder Politiker freut sich doch darüber, einmal in der Times erwähnt zu werden. Meistens jedenfalls." Der Mitarbeiter des Oste-Kurier war gerade mit Notizblock und Phototasche eingetroffen und steuerte den Tisch mit der Karte „Presse" und dem Tragekorb mit den Freigetränken an.

Der Ortsvereinsvorsitzende Hermann Bäcker hatte an dem Tisch auf dem Podium platz genommen, neben ihm seine beiden Stellvertreter. Die Beine wurden von einer SPD-Fahne verdeckt. SPD stand auch auf dem roten Tuch, das die Vorderseite des Rednerpultes neben dem Vorstandstisch verhüllte. Der Vorsitzende begrüßte die lieben Genossinnen und Genossen, wies auf ein Schreiben des Parteivorstandes zur Beitragsehrlichkeit hin, die wichtig zur Wahlkampffinanzierung sei, erläuterte, daß heute nur ein Vorschlag des Ortsvereins für das Bundestagsmandat gemacht werde und der Kandidat oder die Kandidatin erst demnächst auf der Unterbezirkskonferenz in Cuxhaven gewählt würde.

Hermann Bäcker erläuterte den lieben Genossinnen und Genossen weiter:

„Wir haben heute nur die Kandidatenvorstellung, die Aussprache darüber und die Abstimmung über unseren Vorschlag auf der Tagesordnung. Stimmzettel liegen aus. Gibt es weitere Vorschläge? Ich höre keine. Keine Einwände gegen die vorgeschlagene Zählkommission? Ebenfalls keine. Dann beginnen wir mit der Kandidatenvorstellung, Reihenfolge nach dem Alphabet. Das Wort hat der Genosse Dr. Marco Hoffmann."

Dr. Marco Hoffmann stieg forsch die Treppe zum Podium hinauf und hängte seine dunkelblaue Anzugsjacke über einen freien Stuhl am Vorstandstisch. Die rote Krawatte unter dem geöffneten obersten Hemdenknopf blieb dran. Er ging zum Rednerpult, krempelte sich die Ärmel des weißen Hemdes auf und rückte energisch das Mikrophon zurecht. Solche Körpersprache schaffte Nähe und signalisierte, daß er sich unter Seinesgleichen wohl und zu Hause fühlte. Hemdsärmelige Tatkraft kam bei Sozialdemokraten immer gut an, auf dem Lande besonders.

„Hermann", wandte er sich an den Vorsitzenden, „du weißt doch, daß du den Doktor ruhig weglassen sollst. Marco Hoffmann. Das reicht." Diesen Einstieg der Bescheidenheit wählte er gerne, jedenfalls sofern alle Anwesenden wußten, daß er einen Doktortitel hatte. In seiner Juso-Zeit im SPD-Distrikt Harburg Ost hatte er sich gewundert, daß die Schreiben des Vorsitzenden an die Mitglieder immer unterzeichnet waren mit „Euer Dr. Klaus Wunsch". Der Schriftführer, ebenfalls Juso, klärte ihn auf Nachfrage auf: „Die Schreiben verfasse ich. ‚Euer Doktor' schreibe ich absichtlich darunter, um ihm zu schaden. Schließlich wollen wir den Distrikt übernehmen."

Hoffmann wußte um die sozialdemokratische Seele. Er berichtete, wie er als junger Kreisvorsitzender der Jusos in Hamburg-Harburg durch die Schule des dortigen Bundestagsabgeordneten gegangen war. Herbert Wehner, die sozialdemokratische Legende, kam immer gut an. Er mußte auf örtliche Probleme eingehen: strukturschwache Region, Arbeitsplätze, Landwirtschaft, Verkehrswege, Schiffahrt, Fischverarbeitung, Elbvertiefung und Deichsicherheit, Bildung und Unterrichtsversorgung, Umwelt und Tourismus. Als Knaller konnte er präsentieren, daß er heute nachmittag vom zuständigen Landesminister erfahren hatte, daß der Landeszuschuß zum Radwegebau zwischen Geversdorf und Cadenberge gesichert sei. Seinen Einsatz dafür ließ er nicht unerwähnt und kommentierte ihn folgendermaßen: „Man hat doch immer lieber einen Onkel, der etwas mitbringt, als eine Tante, die Klavier spielt." Schmunzeln im Saal.

Marco Hoffmann nahm während seiner Rede mit geübtem Auge wahr, daß der Berichterstatter des Oste-Kuriers vom Pressetisch aufstand, seine Kamera griff und durch die Stuhlreihen zum Podium schritt. In dem Moment, als der Lokalreporter die Kamera hob, unterstrich der Bundestagsabgeordnete einen Satz mit energisch nach vorne ausgestrecktem Arm, der Zeigefinger wies auf die gegenüberliegende Wand. Diese Geste demonstrierte nach Ansicht des Politikers Führungsstärke. Er gab die Richtung vor, zeigte allen, wo es langgeht – und wartete auf den Blitz.

Amandus Abendroth registrierte die Absicht und drückte einfach nicht auf den Auslöser. Er ließ die Führungskraft mit ausgestrecktem Arm und Zeigefinger verhungern. Kurz bevor die Körpersymbolik zur Lächerlichkeit geriet, ließ Dr. Marco Hoffmann den Arm auf das Rednerpult sinken und blickte den Pressephotographen ärgerlich an. Im gleichen Augenblick zuckte der Blitz über das Podium.

„Liebe Genossinnen und Genossen", fuhr er mit gekonnter Rhetorik fort, „nur eins kann ich euch nicht bieten. Ich bin keine Frau." Pause. „Allerdings habe ich mich immer für die Interessen von Frauen eingesetzt, so gut ich es konnte. Ich bin, wie etliche von euch wissen, für die UNO in den Flüchtlingslagern am Horn von Afrika tätig gewesen. Achtzig Prozent der Flüchtlinge dort waren Frauen und Kinder. Die Zeit reicht leider an dieser Stelle nicht, um euch darzustellen, wie ich mich für diese Frauen und Kinder eingesetzt habe, mich bis zur Erschöpfung in diesem heißen Wüstenklima für sie aufgerieben habe. Dafür habe ich sogar", er machte eine rhetorische Pause, „den Friedensnobelpreis erhalten." Pause. Spitzbübisches Lächeln.

„Das UNO-Hochkommissariat für Flüchtlinge hat damals zum zweiten Mal den Friedensnobelpreis erhalten. Und der Hohe Flüchtlingskommissar der Vereinten Nationen, der frühere dänische Ministerpräsident Poul Hartling, hat ihn für uns alle in Empfang genommen. Und natürlich für die Flüchtlinge." Damit ihn auch der letzte im Saal verstand, fügte er mit schelmischen Lächeln hinzu: „Natürlich will ich mich mit dem Friedensnobelpreis nicht mit Willy Brandt vergleichen." Wohlkalkuliert wollte er allein mit der Erwähnung dieses Namens von der Sympathie und Zuneigung der Parteibasis zur sozialdemokratischen Ikone profitieren.

„Aber mein Schwiegervater, ein alter Sozialdemokrat, Betriebsrat und IG-Metaller ..." Pause. Wirken lassen. Eigentlich brauchte jetzt keine Satzaussage mehr zu folgen. Der kernige Schwiegervater aus der Arbeiterbewegung war die emotionale Botschaft. Er fuhr fort: „... sagte immer: Man soll nicht aufschneiden, aber sein Licht auch nicht unter den Scheffel stellen." Pause. Tatsächlich hatte er diesen Satz von einem Hamburger Karrierebeamten bei der Bewerbung um ein hohes Staatsamt gehört.

„Ich danke euch für eure Aufmerksamkeit und bitte um euer Vertrauen, wie in der Vergangenheit." Klatschen, Tischeklopfen, Abgang Marco Hoffmann.

„Das Wort hat die Genossin Gerda Meyer-Holzmann. Gerda, bitte", bat Hermann Bäcker die Genossin ans Rednerpult.

Gerda Meyer-Holzmann schritt in ihrem schicken roten Hosenanzug selbstbewußt zum Rednerpult. Zur Überraschung aller Anwesenden ergriff die Genossin Gerda aber zunächst nicht das Wort. Sie hatte sich für eine andere Art der Eröffnung entschieden und plazierte einen Kassettenrecorder vor dem Mikrophon des Rednerpultes. Sie drückte mit feinem Lächeln die Taste „Play", und es erklang Musik.

Man hörte ein kämpferisches Frauenlied. Könnte Ina Deter sein, dachte Marco Hoffmann beim angestrengten Hinhören. Er überlegte, ob dieser PR-Gag letztendlich der Genossin Gerda oder ihm mehr Stimmen bringen könnte. Sehr befriedigt war er davon, daß Gerda vor ihrem Auftritt offensichtlich keine Tonprobe und keinen Sound-Check mit dem Mikro gemacht hatte. Die Musik schepperte erbärmlich aus dem Recorder über das Mikrophon in den Saal. Der Text war so gut wie nicht zu verstehen. Marco Hoffmann unterdrückte ein höhnisches Grinsen und machte ein interessiertes Gesicht.

„Liebe Genossinnen und Genossen, leider war der Klang des Liedes nicht so gut wie sein Inhalt", überspielte Gerda Meyer-Holzmann souverän den Mißklang ihres Auftaktes. „Ich kandidiere auf einen einstimmigen Vorschlag des Vorstandes der Arbeitsgemeinschaft sozialdemokratischer Frauen, der AsF. Vorweg möchte ich sagen, daß ich leider mit keiner Botschaft eines Landesministers zum Radwegebau dienen kann. Ich bin also eher die Tante, die Klavier spielt. Im Gegensatz zum Genossen Dr. Marco Hoffmann rede ich aber nicht in erster Linie mit Ministern über Radwege, sondern ich benutze sie auch."

Pause. Nach einem Blick auf ihren Gegenkandidaten fügte sie hinzu: „Was meiner Fitneß und meiner Figur gut tut." Ohne Marco Hoffmanns Bauch direkt anzusprechen, hatte sie die Lacher auf ihrer Seite. Viele jedenfalls. Selbst der Bundestagsabgeordnete kniff sich einen freundlichen Gesichtsausdruck und eine radfahrende Pedalbewegung mit Armen und Fäusten ab.

Amandus Abendroth schoß zwei Photos von der sympathisch lächelnden Kandidatin am Rednerpult über dem SPD-Emblem.

Gerda Meyer-Holzmann griff inhaltlich sehr ähnliche Themen wie Marco Hoffmann auf. Daran kam kein ernsthafter Kandidat in dieser Region vorbei. Stärker akzentuierte sie noch ihr soziales Engagement für Unterprivilegierte. Ihre Rede war rhetorisch brillant, und es herrschte die gleiche Aufmerksamkeit wie bei ihrem Vorredner.

„Abschließend möchte ich sagen, daß es mir sehr gut gefallen hat, daß der Genosse Dr. Hoffmann sich so vorbildlich für Flüchtlinge und insbesondere Flüchtlingsfrauen am Horn von Afrika eingesetzt hat. Das verdient unser aller Hochachtung und ist ein Beispiel für internationale Solidarität, ein Herzstück der Sozialdemokratie", unterstrich sie mit spürbarer Überzeugung.

„Aber noch lieber wäre es mir heute, wenn er Solidarität mit Frauen nicht nur in Afrika leisten würde, sondern auch im Landkreis Cuxhaven und zum Beispiel auch einmal einer Frau das SPD-Bundestagsmandat zugestehen würde. Da dem aber nicht so ist", fuhr sie klar und pragmatisch fort", bitte ich euch, liebe Genossinnen und Genossen, um euer Vertrauen und eure Stimme. Danke."

Abgang Gerda Meyer-Holzmann, Klatschen, Tischeklopfen. Stimmenzahlen waren daraus noch nicht zu erkennen.

In der anschließenden Aussprache meldete sich nur ein Genosse zu Wort, die meisten wußten, wie sie abstimmen würden. Bei der Wortmeldung registrierte Marco Hoffmann erfreut, daß es scheinbar doch noch so etwas wie Dankbarkeit unter Genossen gab.

„Ich habe zwei Fragen an die Genossin Meyer-Holzmann. Erstens: Was qualifiziert dich als Bundestagskandidatin, wenn schon deine Bewerbung um die Stelle einer Studiendirektorin offensichtlich nicht qualifiziert genug gewesen ist und du abgelehnt worden bist?"

Unmut in Teilen des Saales. Unbeirrt fuhr er fort: „Zweitens. Findest du es verantwortungsbewußt, mandatsbedingt häufig von zu Hause abwesend zu sein, obwohl du zwei kleine, schulpflichtige Kinder hast? Oder willst du von den hohen Bundestagsdiäten eine Kinderfrau bezahlen, für deren Rechte du dich dann komfortabel einsetzen kannst?"

Kleiner Tumult in Teilen des Saales, empörte Rufe. Die Masse schwieg betreten.

Gerda Meyer-Holzmann eilte zurück zum Rednerpult: „Grundsätzlich soll es ja keine dummen Fragen geben, nur dumme Antworten. Ausnahmen bestätigen die Regel. Warum", mußte sie sich unter Kontrolle halten, „stellst du diese Fragen nur mir und nicht auch dem Genossen Hoffmann? So viel ich weiß, hat er sich früher auch schon mal um eine Stelle beworben, die er nicht bekommen hat. So ist nun mal das Leben. Was deine angebliche Sorge um meine Kinder betrifft: Ich habe einen berufstätigen Mann, und Dr. Marco Hoffmann hat eine berufstätige Frau. Wo ist der Unterschied? Bei mir hat es bisher bestens funktioniert und wird es auch weiterhin. Wie die Familie zu Hause organisiert wird, hat dich doch bisher nicht die Bohne interessiert."

Womit das Thema für sie erledigt war. Beifall an einigen Tischen, Schweigen an anderen.

Nach einer zehnminütigen Pause bat Hermann Bäcker alle wieder in den Saal und gab bekannt: „Abgegebene Stimmen 126. Ungültig, eine. Auf den Genossen Dr. Marco Hoffmann entfielen 66 Stimmen. Auf die Genossin Gerda Meyer-Holzmann entfielen 59 Stimmen. Damit werden wir dem Unterbezirksparteitag Marco Hoffmann als Kandidaten für das Bundestagsmandat vorschlagen."

Nach einer kurzen Atempause. „Die Sitzung ist geschlossen. Ich wünsche allen einen guten Nachhauseweg."

Amandus Abendroth schlug seinen Notizblock zu, trank die Cola light aus und machte sich Gedanken über die Schlagzeile. „Dr. Marco Hoffmann mit knapper Mehrheit vorgeschlagen", oder so ähnlich.

Im Vorraum des Versammlungssaales trat Gerda Meyer-Holzmann an einen Tisch. Die Flüchtlingsberaterin von Refugio hatte dort mit ihrem Mann zu Abend gegessen und ihre Vorsitzende herangewunken. „Gerda, ich muß dir unbedingt etwas erzählen."

„In Ordnung", antwortete diese erschöpft und enttäuscht. „Aber nicht mehr heute. Wir telephonieren."

Marco Hoffmann rief über das Handy seine Frau an und teilte ihr das Ergebnis mit. Weiter teilte er ihr mit, daß er mit einigen Genossen an der Forsthaustheke noch einen Schlummertrunk zum Abspannen nehmen werde. Könnte spät werden. Dann ging er an der Theke vorbei auf die Terrasse und wählte die Nummer von Teresa Holtland.

22

Am Nachmittag erhielt Amandus Abendroth einen Telephonanruf aus Cadenberge. Heiner Drewes war am Apparat.

„Hallo, Mandus", begann dieser das Gespräch. „Ich bin um deine Gesundheit besorgt."

„Das finde ich sehr fürsorglich von dir, Heiner", ging der Mitarbeiter des Oste-Kurier auf den vorgegebenen Gesprächston ein. „Was schlägst du mir zur Besserung vor?"

„Mach doch nicht immer so anstrengende Überlandfahrten und bleibe heute mal zu Hause in Geversdorf. Gut für den Kreislauf sollen abendliche Spaziergänge am Deich und am Hafen sein."

„Danke, Heiner. Kannst du mir auch noch sagen, ob mich etwas Abenteuerliches erwarten wird? Damit meine Gesundheit nicht unter einem plötzlichen Schock leidet."

„Kann ich nicht und will ich nicht."

„Stell dich nicht so kleinmädchenhaft an. Und spiel nicht den großen Geheimnisvollen. Tu mal Butter bei die Fische."

„Zu viel Butter soll gar nicht gesund sein. Sei froh, daß ich dir überhaupt einen Gesundheitstip gebe. Zur Besserung deines Wohlbefindens."

Mehr war Heiner Drewes nicht zu entlocken. Beide legten auf. Amandus Abendroth hatte den Hinweis aber verstanden und als Reporter Blut geleckt. Scheinbar kam Bewegung in den Handel nach hanseatischer Art.

Am Abend tat Amandus Abendroth seiner Gesundheit etwas Gutes und ging auf dem Deich spazieren. Der Notizblock steckte in der Tasche, die Kamera unter der schwarzen Lederjacke. Plötzlich entstand Unruhe in der sonst so ruhigen Oste-Gemeinde. Vor der Bootswerft traf er Hans Beerenzen, der jahrzehntelang als hauptamtlicher Gemeindedirektor und danach als ehrenamtlicher Bürgermeister das Gesicht und die Verkörperung der Gemeinde Geversdorf gewesen war. Der große, weißhaarige Mann wurde noch immer als Bürgermeister und Respektsperson angesehen. Das Heimatmuseum und die Dorfchroniken waren bei ihm in besten Händen. Auch er hatte die Unruhe bemerkt und das Nachbarhaus der Werft für eine Inspektion verlassen.

Als beide um die Ecke zur Deichlücke bogen, blickten sie vollkommen überrascht in die Mündungen von Maschinenpistolen. Schwer bewaffnete Polizisten riegelten die Werft ab und durchsuchten sie. Hauptkommissar Fritjof Martens erblickte Hans Beerenzen und winkte ihn durch die Absperrung.

„Herr Bürgermeister, als Amtsperson dürfen Sie bei dieser Durchsuchung zugegen sein."

Ob es die aufgeregte Anspannung oder Absicht war, konnte Amandus Abendroth nicht feststellen. Jedenfalls nutzte er die Gunst der Stunde und betrat zusammen mit Hans Beerenzen ungehindert das Werftgelände. Heiner Drewes und Fritjof Martens übersahen ihn geflissentlich, die auswärtigen MP-Träger hielten ihn wohl ebenfalls für eine Amtsperson, stellvertretender Bürgermeister oder so etwas Ähnliches. Zusammen mit Hans Beerenzen konnte er sich am Ort des Geschehens frei bewegen. Alle anderen Geversdorfer Bürger, die sich inzwischen eingefunden hatten, mußten vor den Mündungen der Maschinenpistolen draußen bleiben.

Für einen hungrigen Lokalreporter war das Innere der Werft ein Schlaraffenland. Amandus Abendroth sah sich flink überall um, schoß Photos und befragte die anwesenden Polizeibeamten und Feuerwehrleute. Als der Erste Hauptkommissar der Kripo Cuxhaven spitz kriegte, daß sich die Presse auf dem Werftgelände befand, zeigte er Verständnis für den Ehrgeiz des Zeitungsmannes und beteuerte, daß die Presse alles erfahren solle. Dann verwies er Amandus Abendroth freundlich aber bestimmt auf die Pressekonferenz, die am nächsten Vormittag im Polizeihaus der Kreisstadt stattfände. Im Gehen fragte der wache Reporter den Kripomann: „Hat der Tote von der Fähre Ihrer Ansicht nach etwas hiermit zu tun?"

„Dazu kann ich keinen Kommentar abgeben", erwiderte der Kriminalbeamte kurz angebunden.

Amandus Abendroth wieselte zu seinem Benz und raste über die B 73. Sicher schneller, als die Polizei erlaubte, aber die waren jetzt alle in Geversdorf. Redaktionsleiter Hermann Karsten wollte ihm auf Verdacht bis zur letzten Sekunde Platz für einen Aufmacher auf der Titelseite und die ganze Seite drei freihalten. In der Redaktion warf er Rolf Mählmann seine Kamera zu und stürzte an seinen PC. Hermann Karsten war an seiner Seite, um als lokaler Korrespondent der Deutschen Presseagentur eine kurze dpa-Eilmeldung abzusetzen. Für die anderen Redaktionen der Region würde sie erst nach Redaktionsschluß eintreffen.

Amandus Abendroth ließ die Finger über die Tasten des PC fliegen. Überschrift: „Großrazzia in Geversdorf: Eine riesige Menge Rauschgift wurde sichergestellt." Und weiter im Text: „Die größte Menge Rauschgift, die jemals im Landkreis Cuxhaven gefunden wurde, beschlagnahmte die Polizei am gestrigen Abend auf dem Gelände der Oste-Werft in Geversdorf. Erste Schätzungen bewegen sich zwischen 600 Kilogramm und zwanzig Zentnern Marihuana, das in Holzkohlesäcken in dem Betrieb versteckt lag.

Am Montag nach 18.00 Uhr rückten 17 Schutzpolizisten, neun Kriminalbeamte und drei Polizisten mit Rauschgiftspürhunden aus den Polizeiabschnitten Cuxhaven, Stade und Verden an, riegelten die Gemeinde Geversdorf zunächst ab und begannen auf Geheiß der Staatsanwaltschaft Stade, das Werftgelände zu durchsuchen. Kurz vor Beginn der Aktion von Montagabend verließ der Firmeninhaber, ein 52jähriger Deutscher, das Werftareal und ist seitdem verschwunden. Selbst durch den Einsatz eines Polizeihubschraubers konnte der Flüchtige gestern abend nicht aufgespürt werden. Erst vor einigen Monaten hatte er die heruntergewirtschaftete Werft aus einer Zwangsversteigerung erworben. Dort versuchte er, neben Bootsreparaturen auch Im- und Exportgeschäfte abzuwickeln. Vorher hielt er sich lange Jahre in Nigeria und am Horn von Afrika auf.

Die Schupo- und Kripobeamten leerten mehrere dutzend Säcke mit Holzkohle. Wertvolle Unterstützung leisteten hier Männer der freiwilligen Feuerwehren Geversdorf und Cadenberge, die auch mit ihrer Scheinwerferanlage das Werftgelände in taghelles Licht tauchten. Die Feuerwehrleute halfen den Polizisten beim Ausschaufeln der zahlreichen Holzkohlesäkke. Selbst der Gemeindebrandmeister aus Neuhaus/Oste verschaffte sich vor Ort einen Überblick und

unterstützte den ungewöhnlichen Einsatz der Blauröcke.
 Man wurde fündig, und zwar in einer Weise, die selbst die Polizei überraschte. Nach und nach tauchten dicke, mit dünner, schwarzer Plastikhaut umwickelte, etwa zwei Kilogramm schwere Pakete auf. Darin befand sich Marihuana, das zwar nicht zu den härtesten Rauschmitteln gehört, aber nach dem Betäubungsmittelgesetz eindeutig als gefährliches und illegales Gift gilt. Der Marktwert der Geversdorfer Menge liegt nach ersten Schätzungen der Polizei aus ‚Großhandelssicht' im oberen Bereich von etlichen hunderttausend Mark. Im Kleinverkauf würde diese Menge sogar zwischen drei und sechs Millionen Mark erzielen können.
 Zur Frage, ob der Werftbesitzer Mitwisser oder Helfer gehabt hat, wollte die Polizei sich nicht äußern. Es war aber von einem Farbigen namens Taylor die Rede, der auf dem Werftgelände gesehen worden sein soll. Ob die Ehefrau des Firmeninhabers, eine Afrikanerin, von dem Verbrechen wußte, blieb gestern ungeklärt.
 Das Gras, das aus der Hanfpflanze Cannabis hergestellt wird, war nach ersten Erkenntnissen der Ermittler nicht für den örtlichen Markt bestimmt. Dennoch stelle die Polizeiaktion sowohl für den Importeur als auch für die Konsumenten einen empfindlichen Schlag dar. Die Polizei äußerte die Vermutung, daß die Ware in den Holzkohlesäcken vom westafrikanischen Nigeria per Schiff nach Hamburg und von dort auf dem Land- und Wasserweg nach Geversdorf geschafft worden war.
 Anwohner, die früher auf der Werft beschäftigt gewesen waren, äußerten gegenüber unserer Zeitung,

daß sie sich über die riesige Menge an Holzkohle auf der Werft gewundert hätten. Der Werftbesitzer soll ihnen gegenüber erklärt haben, daß diese afrikanische Holzkohle von außergewöhnlicher Qualität sei, die sogar für Kohlefilter, zum Beispiel in Gasmasken, Verwendung finden könne. Die ehemaligen Mitarbeiter schilderten den Werftbesitzer als einen Menschen, der gelegentlich durch religiöse Gespräche auffiel. Nicht im entferntesten habe man sich vorstellen können, daß er mit einem derartigen Verbrechen zu tun haben könnte.

Die Polizeibeamten vor Ort bezeichneten gegenüber dem Oste-Kurier ein solches Delikt ausdrücklich als Verbrechen, das nicht nur nach dem Betäubungsmittelgesetz strafbar sei, sondern auch einen erheblichen Verstoß gegen die Zollbestimmungen der Bundesrepublik Deutschland darstelle. Die Beamten glauben, daß hier eine neue Schiene aufgebaut werden sollte. Es wird noch ermittelt, ob dies gleich beim ersten Mal ‚in die Hose gegangen ist'. Nach Erkenntnissen der Polizei verlagert sich der Rauschgifthandel immer mehr auf das flache Land.

Zu der Frage, ob diese Polizeiaktion und der Rauschgiftfund etwas mit dem toten Afrikaner zu tun habe, der vor einiger Zeit auf der Geversdorfer Oste-Fähre neben der Werft gefunden wurde, wollte Erster Hauptkommissar Karl Langner gegenüber unserer Zeitung keinen Kommentar abgeben."

Rolf Mählmann hatte die Photos fertig. Der dynamische Buddha Hermann Karsten hatte inzwischen die dpa-Meldung abgesetzt. Als die Arbeit getan war, saßen der Chefredakteur, der begnadete Zeitungstechniker und der freie Mitarbeiter noch eine Weile zusammen. Plötzlich konzentrierten sie sich auf die Tagesthemen im Redaktionsfernseher. Es erschien eine Landkarte von der Niederelbe, auf welcher neben Hamburg und Cuxhaven die Ortschaft Geversdorf hervorgehoben war. Ulrich Wickert verlas die Meldung dazu. Sie sahen sich zufrieden an, und drei Daumen schnellten aus drei Fäusten senkrecht nach oben.

Amandus Abendroth nahm seine Lederjacke von der Stuhllehne und war mit seinem Kumpel Rolf der gleichen Meinung, daß sie sich nun einen Spätburgunder und ein Baguette mit hausgemachter Knoblauchsauce im Café Neuhaus verdient hätten.

23

Gerda Meyer-Holzmann erledigte nach der sechsten Stunde noch einige Angelegenheiten im Lehrerzimmer, blickte in ihr Fach und verließ dann das Gymnasium Otterndorf. Sie ging die Schulstraße entlang, deren Name durch das Schulzentrum vollauf berechtigt war. Dazu gehörten auch eine Hauptschule, eine Orientierungsstufe sowie die Johann-Heinrich-Voß-Realschule, benannt nach dem deutschen Dichter und Homer-Übersetzer, der von 1778 bis 1782 Rektor der Otterndorfer Lateinschule gewesen war.

In dessen Nachfolge, dachte sie vergnügt, fühlt sich der heutige Rektor sichtlich wohl, daß er sich damit auch öffentlich schmückte, wollte sie ihm gar nicht einmal unterstellen, zumindest nicht verübeln. So waren sie nun mal, die Herren Kommunalpolitiker. Und Marco Hoffmanns gab es überall. Dieser spezielle konnte politisch ein arger Polemiker sein, aber sein Engagement für Kunst und Kultur, auch sein Einsatz für das Stadtschreiberwesen, bereicherte das Otterndorfer Kulturleben, erkannte die Sozialdemokratin neidlos an. Auch wenn er in der CDU war, der lokale Kulturimpresario, und sie sich von seinem omnipräsenten weißen Künstlerhaarschopf im Oste-Kurier manchmal regelrecht verfolgt fühlte.

Sie bog um die Ecke in die Schleusenstraße ein und begab sich zu ihrem roten VW-Passat auf dem Parkplatz neben der Stadtbibliothek. Sie fuhr am Rathaus vorbei, das 1583 mit dem Ratsweinkeller erbaut worden war, und fand es beinahe bedauerlich, heute keinen weißen Haarschopf oben auf der historischen Treppe zu sehen. Wahrscheinlich hatte der geplagte

Mann gerade einen anderen Phototermin zwischen St. Severi und der alten Lateinschule vor der bronzenen Johann Heinrich Voß Büste. Sie fuhr auf der innerörtlichen B 73 über die Medembrücke und parkte kurz darauf in der Wesermünder Straße. Ihre vergnügte Stimmung, die eine trübere nur überdeckte, verließ Gerda Meyer-Holzmann vollends, als sie sich zu Fuß weiter in Richtung des Flüßchens Medem bewegte.

Eine ehrenamtliche Mitarbeiterin des Vereins Frauen helfen Frauen öffnete ihr die Tür und bat sie herein.

„Tut mir leid", eröffnete sie Gerda Meyer-Holzmann, „aber Selam Kowalski, oder Jacqueline, wie sie sich selber angewöhnt hat, ist noch mit einer Sozialarbeiterin beim Arzt. Sie kennt sich in Otterndorf ja nicht aus. Wir hoffen nicht, daß es etwas Schlimmes ist", setzte sie beruhigend hinzu. „Und sie müßten auch bald zurück sein."

„Ist schon in Ordnung", antwortete Gerda Meyer-Holzmann, „dann warte ich eben einen Moment."

Die ehrenamtliche Mitarbeiterin nutzte die Gelegenheit, der Politikerin die Wohnung zu zeigen und einige Erklärungen abzugeben. Zuerst betraten sie die Küche, und Gerda Meyer-Holzmann sah an den Wänden zahlreiche Schwarz-Weiß-Poster. Auf fast allen waren Frauen mit traurigen Gesichtern abgebildet, deren Körperhaltung schweres Leid zum Ausdruck brachte. Eine Frau, die von vier Kindern umringt war, eine weitere drückte einen Teddybären an sich sowie ein vielleicht 15jähriges Mädchen, das die Augen mit Kajal tief geschwärzt hatte.

„Leider", erläuterte die ehrenamtliche Frauenhelferin, „ist unser Frauenhaus nur eine Wohnung. Ein Haus wäre uns lieber und auch angebrachter, aber dazu fehlt uns das Geld. Besonders beliebt sind wir bei der Verwaltung und bei einigen Kommunalpolitikern ohnehin nicht. Wir sind wohl gelegentlich zu kritisch und nicht stromlinienförmig genug. Hier in der Wohnung haben wir fast alles selbst hergerichtet, Elektro-, Fliesen- und Klempnerarbeiten inklusive."

Einige Frauen, deutsche und ausländische, machten sich in der Küche zu schaffen. Kinder tollten herum.

„Wie viele Frauen sind denn zur Zeit hier untergebracht?" fragte die Besucherin.

„Wir sind gegenwärtig an der oberen Belegungsgrenze angelangt. Auf diesen etwa fünfundneunzig Quadratmetern leben zur Zeit vierundzwanzig Personen, acht Frauen mit ihren Kindern. Falls dringende Fälle hinzukommen, müssen wir notfalls noch ein oder zwei Ferienwohnungen anmieten."

Sie führte Gerda Meyer-Holzmann durch die Wohnung. Schlafräume mit mehreren Doppelstockbetten und ein Badezimmer mit einer Toilette für vierundzwanzig Personen. Im Wohnzimmer war eine Sandkiste aufgebaut.

„Wegen der teilweise sehr aggressiven Männer können auch die Kinder die Wohnung häufig nicht verlassen. Oder die Kinder werden von den Männern abgefangen und als Druckmittel benutzt. Von der Gewalt und den Drohungen gegen die Frauen erst mal gar nicht zu reden. Da gibt es rasende ausländische, aber auch ausrastende deutsche Männer – und zwar aus allen Bevölkerungsschichten. Wir hatten hier Frauen aus Arbeiter- und Bauernfamilien, aber auch Frauen von Lehrern und Medizinern."

„Und wie kommen die Frauen hierher? Die Adresse ist doch nicht öffentlich bekannt? Ausländische Frauen und Flüchtlingsfrauen kennen sich doch noch viel weniger aus."

„Teilweise kriegen ja sogar die schlagenden und verlassenen Männer heraus, wo wir sind. Das kann manchmal ein echtes Problem werden. Für die Frauen haben wir unser Notruftelephon, das vierundzwanzig Stunden am Tag besetzt ist. Andere kommen über die Sozialbehörden oder werden von der Polizei gebracht, wenn die Gewalt zu Hause akut eskaliert ist. Manche Frauen planen auch heimlich ihre häusliche Flucht und bereiten ihr Kommen hierher vor."

Sichtlich aufgewühlt fuhr sie fort: „Vor einiger Zeit sind wir mit einer Frau zusammen auf ihren wohlhabenden Hof gefahren, um die Kinder und ein paar Sachen abzuholen. Vorsichtshalber haben wir dem Mann erzählt, daß wir uns beim Schwimmen kennengelernt hätten. Er war zunächst unglaublich charmant zu uns. Dann roch er den Braten. Und mir läuft es heute noch eiskalt den Rücken runter und die Haare stehen mir zu Berge, wenn ich daran denke, wie dann die Situation kippte. Ich rief nur noch zu der Frau, daß sie ihre Tasche und ihre Kinder schnappen solle und zu meiner Kollegin, daß sie sofort raus und das Auto anlassen solle. Dann baute ich mich zur Sicherung in meiner schwarzen Motorrad-Lederkluft vor dem Tobenden auf und – nichts wie weg. Seitdem nur noch mit Polizeischutz."

„Und wie stehen Sie und Ihre Kolleginnen das alles durch?" fragte Gerda Meyer-Holzmann die ehrenamtliche Frauenhelferin.

„Es ist schon manchmal hart. Aber wir sehen hier eben auch die Erleichterung der Frauen. Sogar die Kinder können trotz der Enge wieder durchschlafen. Die Angst vor Streit und Schlägen fällt ab. Eigentlich bräuchten wir hier dringend eine Supervision. Dazu fehlt aber das Geld."

„Da kommt ja meine Kollegin", blickte sie in Richtung der Flurtür, „mit Jacqueline Kowalski. Sie ist ein anderer Fall. Braucht aber zunächst ein Dach über dem Kopf. Vielleicht", scherzte die Helferin, „werden wir durch sie auch noch zu Holzkohlehändlerinnen. Davon liegen ja ohne Innenleben große Mengen auf der Werft."

Jacqueline Kowalski waren lediglich einige Vitamin- und Aufbaupräparate verordnet worden. Gerda zog sich mit ihr in eine ruhige Ecke zurück, soweit das hier überhaupt möglich war. Dort unterhielten sie sich über eine Stunde. Dann verabschiedete sie sich von der Äthiopierin und den anderen Frauen.

Im Auto nahm Gerda ihr Handy und wählte die Nummer der Polizeidienststelle in Cadenberge. Fritjof Martens war am Apparat. Sie teilte ihm mit, wo sich Jacqueline Kowalski befand, was dieser aber schon wußte. Dann fügte sie hinzu: „Ich bin davon überzeugt, daß sie von den illegalen Machenschaften ihres Mannes nichts wußte und nichts damit zu tun hat."

„Das nehme ich mal zur Kenntnis", antwortete der Polizeihauptkommissar und ergänzte: „Wovon Sie überzeugt sind, könnte nach unseren vorläufigen Erkenntnissen vielleicht stimmen."

Dann drückte die örtliche Vorsitzende der sozialdemokratischen Frauen und Vorsitzende der Flücht-

lingshilfsorganisation Refugio eine gespeicherte Nummer. „SPD Unterbezirk Cuxhaven. Kummerow."
„Hallo, Kuno. Hier ist Gerda. Ich ruf dich wegen der nächsten Unterbezirkskonferenz an."
„Hallo, Gerda. Was gibts denn?"
„Weißt du", säuselte sie in ihr Handy, „ich habe festgestellt, daß das Datum unserer Unterbezirkskonferenz genau mit dem Internationalen Tag des Flüchtlings zusammenfällt."
„Und was willst du mir damit sagen?"
„Ich will dir damit sagen, daß ich es gut finden würde, wenn wir ein Zeichen der Internationalen Solidarität setzen würden."
„Und wie?"
„Ich schlage vor, daß keiner von uns etwas dazu sagt, sondern daß eine Flüchtlingsfrau am Anfang des Unterbezirksparteitages ein Grußwort zu diesem Tag spricht."
„Hmm, kann man drüber nachdenken. Kann sie Deutsch oder müßte übersetzt werden? Du weißt, das kann manchmal etwas ermüdend sein."
„Sie kann ausreichend Deutsch."
„Dann müßte das auf der nächsten Vorstandssitzung beschlossen werden."
„Genau", bestätigte Gerda. „Darum möchte ich dich bitten, diesen Punkt in die Tagesordnung aufzunehmen. Ich werde dort sein und den Vorschlag begründen."
„In Ordnung, Gerda. Ich halte noch mal Rücksprache, aber geh davon aus, daß das klar geht. Vielleicht bringt das ja auch ein paar Stimmen von den Grünen zu uns rüber. Muß ja kein Schwerpunkt im Wahlkampf

werden. Sonst gehen uns die Stimmen woanders wieder verloren."

Zufrieden lächelnd legte Gerda Meyer-Holzmann ihr Handy auf dem Beifahrersitz ab und startete den Motor.

24

Amandus Abendroth fuhr die drei Kilometer von Geversdorf nach Neuhaus, kam dort auf die holprige Kopfsteinpflasterstraße, sah das legendäre Gastwirts-Original Otto mit Schürze auf seiner Hoteltreppe stehen, passierte den Kaufmannsladen und sah rechts die Kneipe Tivoli, in der ein indischer Wirt Bier und Korn ausschenkte. Vor dessen Theke hätte auf dem Höhepunkt der Barschel-Affäre ein Stammgast beinahe ein ebenso vorzeitiges Ende gefunden wie der Politiker, da er bei einem Streit die Nahkampfausbildung eines Mitarbeiters der Detektei Harry Piel unterschätzte. Das war die Detektei, die im Auftrag Uwe Barschels auf Björn Engholm angesetzt worden war. Gegenüber der Emmauskirche parkte er auf dem Kirchplatz vor der Nummer 1 und betrat das Café Alt Neuhaus.

Es war das Szene-Lokal der Gegend, und man traf an der Theke immer jemanden, mit dem man sich über Gott und die Welt oder noch wichtigere Dinge unterhalten konnte. Die Szene im Café war bunt gemischt, jung und alt, Handwerker und Studierte, Landfrauen und Ratsherren, Schiffer und Künstler, vor allem aber Lebenskünstler aller Art gehörten zum Stammpersonal. Sonntags gab es zum Kaffee auch selbstgebackenen Kuchen, was kürzlich auch Lilo Wanders als Privatmann zu schätzen gewußt hatte.

Zugleich strahlte das Café Neuhaus mit seiner Einrichtung Geschichte aus, denn die Ahnen des Wirts betrieben in dem historischen Gebäude seit 1795 eine Spirituosenfabrik, die den Elbe-Weser-Raum belieferte. Seit einigen Jahren war noch ein Weinhandel zur Schnaps- und Likörherstellung gekommen, und die neuesten Kreationen wurden vom Wirt und seinen schönen weiblichen Bedienungen gerne und freigiebig zum Verkosten angeboten. Guinness 1759, Brewed in Dublin, und andere Brauereiwappen auf gerahmten Spiegeln zeugten von der Vielfalt des Bierangebotes aus den Zapfhähnen und Flaschen. Aus einem Hahn floß Jever, aus einem anderen das Bier aus Dublin, andere ovale Emailleschilder wiesen auf Carlsberg und Kilkenny, Irish Beer, hin. Auch ein rot-weißes Coca-Cola-Schild fehlte nicht sowie ein Poster mit einer schwebenden grünlichen Absinth-Fee. Ein aktuelles Plakat wies auf eine Kulturveranstaltung mit dem Titel Leidenschaften hin.

Anfangs hatte sich Amandus Abendroth immer gewundert, daß einige Gäste nach Betreten des Lokals zügig hinter zwei Türen links und rechts von der Holztheke verschwanden. Bis er recherchiert hatte, daß sich dort der Billardraum und das Internetcafé verbargen.

Amandus setzte sich an keinen Tisch und auch nicht auf das rote Plüschsofa unter den historischen Photos des Ortes und der Schnapsfabrik, sondern lehnte sich an die Theke, seinen Lieblingsplatz. Er bestellte bei Olaf, dem Wirt, einen trockenen Grauburgunder und ein Mineralwasser. Dann tauschte er mit Olaf einige Tagesneuigkeiten aus und ließ sich die Karte geben, obwohl er sie kannte. Er entschied sich für eine Tomatensuppe, wartete aber noch mit der Bestellung.

Rechts wurde er von einem Stammgast begrüßt und unterhielt sich mit dem Privatschulmeister und plattdütschen Schriebersmann über die Vergleichbarkeit und Ähnlichkeit von französischen Redewendungen mit dem Küstenplatt. Sein Nachbar hatte dies erforscht und die Ergebnisse im Selbstverlag veröffentlicht. Natürlich hatte der Oste-Kurier den Autor und sein Buch gebührend vorgestellt. Bei einem lütten Roodwien resoneerte er, daß die Hottvolee des Ortes früher im Schatohnöff neben dem Café feierte, woher Neuhaus seinen französischen Namen hatte. Links von ihm warf der Keyboarder und Sänger der Showband Casablanca die Frage auf, wie es im Leben grundsätzlich und überhaupt weitergehen solle, was Mandus ebenfalls für ein interessantes Thema hielt.

Hinter ihm war der dramatische Bericht von Berny, dem Dauerleutnant des Schützenvereins, nicht zu überhören, wie er als Feuerwehrmann unter dem Schutz von Maschinenpistolen auf der Geversdorfer Werft Holzkohle geschippt hatte. In ruhigeren Zeiten sah man Berny stets mit einem Bierglas in der Linken und diversen Listen in der Rechten durch die Gastronomie wandern. Er nahm für zwei Mark Einsatz Wetten aller Art an. Es ging um die Frage, wer das Pappbootrennen im Neuhäuser Hafen oder die Kraftwettbewerbe des Clubs der Bärtigen gewinnt, um lokale Fußballspiele und darum, ob es weiße oder grüne Weihnachten gibt.

Nun tippte ihm jemand von hinten auf die Schulter, und er drehte sich um. Es war Anke Tiedemann. Mit ihren blonden Haaren, dem verschmitzten Lachen, der braunen, etwas abgeschabten Pilotenlederjacke und der passenden braunen Wildlederhose sah sie hinreißend aus. Sie gaben sich Begrüßungsküsse auf die Wangen und wechselten an den Stehtisch. Anke setzte sich auf den hohen Barhocker mit Rückenlehne, Amandus blieb stehen und lehnte sich an den Tisch.

„Wartest du schon lange?" fragte sie ihn, was er mit „geht so, macht aber nichts", beantwortete. Sie bestellte eine Weinschorle und ein Schinkenbaguette, Amandus noch einen Grauburgunder und die Tomatensuppe „ohne Sahnehaube".

„Vielleicht solltest du nur eine Tomate und ein Wasser bestellen", kommentierte Anke, was Amandus dankend ablehnte. Berny unterhielt das halbe Lokal mit Einzelheiten des Feuerwehr- und Holzkohleeinsatzes im Stile einer Rundfunkreportage, die man allerdings nur mit großer Mühe hätte leiser stellen können. So kamen auch Amandus Abendroth und Anke Tiedemann darauf zu sprechen.

Mandus berichtete ihr von seiner Recherche. Anke hatte das Gerücht gehört, daß John Kowalski in Westafrika nach eigenen Angaben U-Boote verkauft haben und Taylor bei seiner Bank als stellvertretenden Handelsminister von Nigeria vorgestellt haben soll. Einige andere wiederum hielten das nicht für glaubwürdig, sondern für eine Strategie, um seine Kreditwürdigkeit zu erhöhen.

Sie drehten und wendeten die Ereignisse nun von allen Seiten. Hatte der Tote von der Fähre etwas mit dem Marihuana zu tun? Schaffte er den Stoff nach Oldenburg und dealte dort damit? Wo waren John Kowalski und Jan von der Werft? Was hatte Hoffmann in Afrika gemacht, oder hatte er gar nichts damit zu tun? Wo war Jacqueline Kowalski? Sie spekulierten kräftig drauf los, kamen aber zu keiner endgültigen Lösung.

Amandus stellte fest, daß er unbedingt am Ball bleiben müsse. Und dazu würde er demnächst noch mal nach Hamburg fahren, um bei der Weltweiten Partnerschaft zu recherchieren. „Als Journalist muß man sich durchs Unterholz kämpfen", ließ er einfließen, „und nicht vom Hochstand aus recherchieren. Die Wahrheit findet man nur auf Augenhöhe", schloß er eine andere Weisheit an. Dann bestellte er sich noch einen Grauburgunder und zündete eine Zigarette an.

„Jetzt kannst du die Sahnehaube auch noch dazu bestellen", bemerkte Anke mit spitzer Zunge, aber lächelnd. „Darauf kommt es dann auch nicht mehr an."

Amandus schüttelte sich. „Also nee, Grauburgunder mit Sahnehaube ist nicht so mein Ding."

Nach einer Weile sah Anke Tiedemann auf die Uhr. „Ich glaube, daß ich demnächst aufbrechen sollte. Am besten nehme ich dich mit und setze dich zu Hause ab. Und dein Auto bleibt hier." Amandus Abendroth überlegte einen Moment und stimmte dann zu.

Vor dem ehemaligen Hadler Fährhaus öffnete Amandus die Beifahrertür und wandte sich zu Anke. „Du kannst ja noch auf einen Kaffee oder ein Wasser oder beides mit reinkommen?"

Nun wurde auf der Fahrerseite überlegt. „O.k., aber nur kurz."

25

Djibouti 1977 und 1978

Marco Hoffman war mit der Swiss Air vom Genfer Flughafen Cointrin nach Paris Charles de Gaulle geflogen, umgestiegen und befand sich nach etwa zehn Stunden in der Boeing 747 der Air France im Landeanflug auf Djibouti. Er hatte sich schon seinen hellblauen Paß mit dem goldenen UNO-Emblem und den ebenfalls goldfarbenen Aufdrucken *United Nations – Nations Unies* zurechtgelegt. Der zusätzliche Goldaufdruck *Laissez-Passer* und einige eingestempelte Visa Diplomatique wiesen auf die Funktion dieses Dokumentes hin.
Bald würde er herausfinden, ob der Genfer UN-Mediziner recht hatte. Zu den Vorbereitungen seiner Mission gehörte auch ein Termin beim Medical Service der Vereinten Nationen. Nach Belehrungen darüber, Wasser nur aus vorher fest verschlossenen Flaschen zu trinken, im Zweifelsfall keimtötende Tabletten darin aufzulösen, sich keine Eiswürfel in Gläser füllen zu lassen, keine frischen Salate zu essen und Hinweisen zu Gekochtem und Gebratenem gab ihm der Arzt ein Medical Kit als Überlebenshilfe mit auf den Weg. Zu den Malariatabletten hatte der Arzt beruhigend erklärt: „Wo Sie hinfliegen, ist das Klima so schlecht, da trauen sich noch nicht mal mehr die Insekten hin."
Am Flughafen empfing Marco Hoffmann zunächst ein heißes Trockenklima mit dennoch hoher Luftfeuchtigkeit, dann der Vertreter des Hohen Flüchtlingskommissars der Vereinten Nationen in Djibouti.

Es war ein alter Bekannter aus der Genfer Zentrale, der Tansanier Wilhelm Kasimir Buhawu. Marco Hoffmann wußte, daß er die Vornamen seinem Großvater verdankte, der ein Fan des deutschen Kaisers gewesen war.

„My brother, welcome", nahm Wilhelm Kasimir den Ankömmling in die Arme. Sie verstauten Marcos silberfarbigen Alukoffer im bräunlichen Toyota Landcruiser mit den gelben Scheinwerfern und dem CD-Zeichen auf dem weiß-schwarzen Nummernschild. Wilhelm Kasimir Buhawu lenkte den Geländewagen Richtung Djibouti-Ville und bemerkte trocken: „Hier brauchen wir kein Solarium." Beide lachten herzlich. Sie waren in Genf gemeinsam Mitglieder des John-Valentines-Fitneß-Clubs gewesen. Wilhelm Kasimir, der äußere Ähnlichkeit mit Idi Amin, aber ein humaneres Wesen hatte, hatte Marco Hoffmann beim ersten Clubbesuch gefragt, was man denn in dem Solarium machen könne. Marco hatte ihm geantwortet, daß er dort braun werden könne. Schon damals hatte es zu Heiterkeit geführt.

Nun wurde die Stimmlage des UN-Repräsentanten ernster. Er erläuterte Marco Hoffmann die Lage vor Ort: „In den Lagern Ali Sabieh und Dikhil sind etwa fünfzigtausend Flüchtlinge – meist Frauen mit kleinen Kindern. Die Unterbringung in den selbstgebauten Toukouls, überwiegend aus Ästen und Pappe, ist mehr als notdürftig. Aber wir können sie dort mit Lebensmitteln versorgen. In der Hauptstadt sind einige tausend Schüler, Lehrlinge und Studenten, die genaue Zahl weiß keiner. Die können hier nicht mit Lebensmitteln versorgt werden, viele schlafen im Freien."

„Warum können sie nicht mit Lebensmitteln versorgt werden?"

„Es gibt zwar eine Lieferung vom US AID im Hafen, und wir wollten letzte Woche damit beginnen, den Schwächsten in der Stadt einmal pro Tag eine warme Mahlzeit zu verteilen. Aber das Projekt ist vom Innenminister gestoppt worden. Aus Sicherheitsgründen."

„Wieso das denn?"

„Es bestand die Befürchtung, daß große Teile der einheimischen Bevölkerung ebenfalls in großen Scharen auftauchen würden, aber die Lebensmittel reichen nur für einige hundert Flüchtlinge pro Tag. Es bestand große Gefahr eines Aufstands der einheimischen Bevölkerung. Und die politische Lage ist so kurz nach der Unabhängigkeit auch aus anderen Gründen nicht stabil."

Seitlich der Straße sah Marco Hoffmann Beduinen in farbigen und weißen Gewändern, die Dromedare und Ziegen zu einer Wasserstelle führten. Im Zentrum von Djibouti-Ville parkte Wilhelm Kasimir vor dem Hotel Continental am großen Marktplatz, der heute nicht besonders bevölkert war.

„Wir haben dich für die erste Zeit im Continental untergebracht. Vielleicht ein bis zwei Wochen. Das muß gehen. Das Siesta ist voll mit internationalen Leuten, weil es Zimmer mit Klimaanlagen und eine europäische Küche, vor allem französische, hat. Du bekommst dort das nächste freie Zimmer." Er half Marco beim Ausladen des Koffers.

„Heute ist Freitag, muslimischer Feiertag. Wie bei euch Sonntag. Darum mußt du erst morgen ins Büro kommen. Hassan holt dich um halb sieben ab. Dann kannst du sehen, was das UNESCO-Team für dich hinterlassen hat. Jetzt hast du frei."

An der Decke des Hotelzimmers drehte sich gemächlich ein Rotor mit vier braunen, flachen Holzarmen, der aber kaum Kühlung brachte. Das Zimmer war geräumig, nach Marcos Beurteilung im Kolonialstil eingerichtet, hatte eine angejahrte Dusche mit Ziehkette statt Armatur und ein Moskitonetz über dem breiten Bett sowie einen freien Blick auf den Marktplatz, wenn man die schützenden Vorhänge öffnete.

Nachdem er zwei Kakerlaken mit der Schuhsohle erledigt hatte, wandte er sich den Wasserflaschen auf dem Tisch zu, die nicht original verschlossen waren. Er warf je zwei keimtötende Tabletten ein, worauf sich das Wasser von klarer Frische zu matschigem Braun verfärbte und unangenehm roch.

Marco Hoffmann verließ das Hotel, ging an den weißgetünchten, abblätternden Arkaden entlang, unter denen in Abständen Menschen schliefen. Auf der anderen Seite des Platzes betrat er ein leeres Lokal mit der Aufschrift Bar und setzte sich auf einen der mit rotem Plastik bezogenen Barhocker. Bei dem schwarzen Barkeeper im weißen Hemd bestellte er eine Cola ohne Eis. Gleich danach noch eine.

Während er die zweite Cola trank, öffnete sich die Schwingtür, und zwei kräftige, durchtrainierte Männer traten ein. Sie trugen gebügelte sandfarbene Khaki-Hemden, gleichfarbige kurze Khaki-Hosen und Kniestrümpfe, die in Militärstiefeln steckten. An der Seite hingen braune Pistolentaschen. Nachdem sie die sandfarbenen, hohen Kopfbedeckungen mit weißem Schirm abgesetzt hatten, kamen millimeterkurze Haare zum Vorschein.

Marco Hoffmann erkannte sie sofort als französische Fremdenlegionäre. Sie bestellten sich große gezapfte Biere. Einer der beiden begann mit dem einzigen anderen Gast ein Gespräch auf Französisch. Offensichtlich sollte erforscht werden, wer der Neue – der andere Fremde in diesem Land – sei. Nachdem sie einiges abgecheckt hatten und wußten, daß der Cola-Trinker im olivgrünen Khakianzug Europäer war, wurde dies geographisch eingegrenzt.

„De quel pays?"
„D'Allemagne."
„Et de quelle ville?"
„D'Hambourg."

Nun verfiel der Fremdenlegionär lachend in breites Norddeutsch.

„Mensch, Alter, und ich bin aus Altona."

Nun wurde am Horn von Afrika ausführlich über Hamburg, Altona und Harburg gesprochen. Nur beim Austausch der Namen wurde der Sandfarbene aus Hamburg-Altona wortkarg.

„Du kannst mich Jan nennen." Marco Hoffmann fragte nicht weiter nach, denn er wußte, daß es keine unbeschriebenen Blätter waren, die bei der Legion ein neues Leben und eine neue Identität suchten.

Djibouti fanden die Legionäre gar nicht mal so schlecht, verglichen mit anderen Einsatzorten. Nur daß es im Puff so heiß war, sagte ihnen weniger zu. Nach weiteren Bieren folgten von den Sandfarbenen nur noch Sex- und Killergeschichten aus verschiedenen Ländern Afrikas.

Aus dem Kongo berichteten sie von Entenfarmen, wo die Tiere nur zum sexuellen Überstülpen gezüchtet wurden, ihnen dann der Kopf abgeschnitten wurde, sie aber noch so lange zuckten, bis der Legionär zum Orgasmus kam. Vor allem mußte man im Kampf immer schneller als die Kohlensäcke und Raben sein. Marco Hoffmanns humanitäre Einwände ließen sie nicht gelten. Er würde die hinterhältigen afrikanischen Kämpfer und Söldner nicht kennen. Die Losung hieß: das Brikett oder ich.

Marco Hoffmann wußte, daß dies nicht seine Welt war, seinen Auffassungen und Zielen sogar in eklatanter Weise widersprach. Auf der anderen Seite war er fasziniert von Afrika und einer Welt der bedenkenlosen Abenteurer, in der nur eines wirklich zählte: Leben oder Tod – und der Geschlechtstrieb, was letztendlich in enger Verbindung stand. Daß dies von einem Landsmann aus seiner Heimatstadt erzählt wurde, schuf eine Verbindung, wenngleich er in der Heimat weiten Abstand von ihm gehalten hätte.

Die Schwingtür wurde ein weiteres Mal aufgeschoben. Ein großer, kräftiger Mann trat ein. Er trug einen weißen Baumwollanzug und darunter ein gelbes, weit aufgeknöpftes Hemd. Die schwarzen Haare hatte er in Wellen zurückgekämmt. Markant waren seine dichten Augenbrauen.

„Johann Vandenbrook feiert am muslimischen Feiertag auf seine Art", begrüßte er den kurzgeschnittenen Altonaer auf deutsch. Das gefiel diesem offensichtlich gar nicht, und er wies den gerade Eingetretenen harsch darauf hin, daß der andere Gast diese Sprache auch verstehe.

„O.k., Jan, reg dich ab", machte er einen Versuch der Milderung. „Und überhaupt, Namen sind Schall und Rauch", wandte er sich an Marco Hoffmann. „Meiner ist John Kowalski."

„Er ist übrigens auch in Norddeutschland geboren, in der Nähe von Hamburg", schaltete Jan sich nach einem großen Schluck Bier und einem Zug an der filterlosen Gauloises wieder ein.

„Ich bin vor drei Wochen aus Lagos rübergekommen und wollte hier mal die Lage peilen", ergänzte der Schwarzhaarige mit den dichten, buschigen Augenbrauen.

„Er handelt nämlich", freute sich Jan, „mit allem, was knallt, schießt und taucht. Zur Zeit gibt es hier wohl einen guten Markt. Außerdem hat er alle sonstigen Waren im Angebot, von legal bis scheißegal."

„Das ist deine Ausdrucksweise. Ich bin", berichtigte er, indem er sich an Marco Hoffmann wandte, „ein seriöser Import- und Exportkaufmann, der die Märkte sondiert."

Nach zwei weiteren Cola zahlte Marco Hoffmann und überquerte den Platz zum Continental. Die Schlafenden unter den Arkaden in ihren bunten und weißen Gewändern oder in Jeans und Hemd waren zahlreicher geworden. Oder es waren mehr Erschöpfungszustände eingetreten.

26

Pünktlich um halb sieben stand Hassan mit dem Toyota Landcruiser vor dem Continental. Er reichte Marco Hoffman kaum bis zur Schulter. Wie viele hier trug er einen hellen Khakianzug mit kurzen Ärmeln und langer Hose. Mit seinen schwarzen, gepflegten Haaren und dem Schnauzbart im freundlichen, hellbraunen Gesicht, war er eine gepflegte Erscheinung. Während der Fahrt lieferte er erste Informationen über die Stadt und fragte Marco Hoffmann, woher er käme. Auf die Antwort „Allemagne", fragte er, in welchem Teil Arabiens das denn liegen würde. Marco Hoffmann erklärte es und dachte, daß von seinen Landsleuten zu Hause ähnliche Fragen zu erwarten wären, falls Hassan dort von Djibouti spräche.

Oder sie gäben vor, alles genau zu wissen, wie vor einiger Zeit der leitende Autojournalist von der Bild am Sonntag, der von einem Autotest in Südafrika berichtete und meinte, es sei das Horn von Afrika. Das war so korrekt, wie das Kap Arkona der Insel Rügen nach Sizilien zu verlegen. Und der ach so hochgebildete Bild-Kommentator Mainhardt Graf Nayhauß hatte kürzlich die Region um Djibouti als Kap Horn von Afrika bezeichnet. Lieber Graf, dachte Marco Hoffmann, ein Kap Horn von Afrika gibt es nicht. Kap Hoorn, benannt nach der flandrischen Geburtsstadt des niederländischen Seefahrers Willem Cornelis Schouten, liegt an der Südspitze Südamerikas. Mithin, schmunzelte Marco Hoffmann, hätte sein Chauffeur Hassan vom Horn von Afrika durchaus die Qualifikation von leitenden Bild-Journalisten.

Hassan hielt vor einem ehemals weiß getünchten Gebäude. Vor der braunen Holztür mit kaum noch durchsichtigen Scheiben, an denen einige handgeschriebene Informationszettel für Flüchtlinge hingen, begrüßte sie Ali. Als er die drei Stufen zur Tür hinaufstieg, zog er ein Bein nach und stützte sich auf einen Handstock. Er hatte kurzes, schwarzes Haar, einen Schnauzbart und braune Haut. Sein grün-gelb gestreiftes Hemd hatte er aufgeknöpft und die Ärmel hochgekrempelt. Darunter wurde ein weißes Unterhemd sichtbar. Der braun-gelbe Wickelrock reichte bis zu den Waden. An den Füßen trug er grüne Plastikbadelatschen, sein ernstes Gesicht war das eines Wächters. Er blieb wortkarg.

Vor dem Gebäude hatten sich bereits einige junge Flüchtlinge versammelt. Einem etwa sechzehnjährigen Jungen fehlte die rechte Gesichtshälfte. Auf Nachfrage wurde Marco Hoffmann erklärt, daß er bei der Flucht durch die Wüste von einem Löwen angefallen wurde.

Andere Jugendliche hatten grausame Kriegsverletzungen, Kinder ohne Arme, manchen fehlte ein Bein. Wieder andere waren durch Granatsplitter erblindet. Einer kroch auf dem Bauch über den staubigen Boden, da er nicht mehr aufrecht gehen konnte. Mit jeder Hand hatte er einen kleinen Holzklotz umklammert und zog sich damit vorwärts. Ein größerer Teil war äußerlich unversehrt, in ihren Seelen konnte man nicht lesen.

Über eine Treppe im Inneren gelangten sie auf eine Art Terrasse, die das eigentliche UN-Büro umgab. Es hatte braune Türen, die Fenster waren mit gelben Vorhängen vor dem Klima geschützt. Im Inneren empfand Marco Hoffmann die Kühle zunächst als angenehm, da bereits zu früher Stunde das Oberteil seines Khakianzuges Schweißflecken aufwies. Dann wurde ihm kalt. Es bestand Erkältungsgefahr, bei vierzig Grad im Freien. Schuld war ein Gerät mit dem Aussehen eines großen Fernsehapparates, dessen breiter Teil sich auf der Terrasse, der sich verengende Teil auf der anderen Seite des Mauerdurchbruchs im Büro befand. Die produzierte Kälte wurde durch einen gewöhnungsbedürftigen surrenden Dauerton begleitet.

Marco Hoffmann wurde dem internationalen und nationalen Personal vorgestellt. Der junge Sozialarbeiter Mohammed war äthiopischer Flüchtling aus Addis Abeba. Er war dunkelhäutig, hatte hohe, gekräuselte schwarze Haare sowie einen Kinnbart und war extrem dünn. Er trug ein braunes Hemd und eine braune Schlaghose, war immer hilfsbereit und hatte stets ein freundliches Lächeln im Gesicht. Dann bat Wilhelm Kasimir Buhawu Marco, Mohammed und die UN-Psychologin Mary aus Zypern zum morgendlichen Meeting. Mary war eine schwarzhaarige, rassige Schönheit in wallendem, weißen Kleid mit dünnen Schulterträgern.

„Kurz zur Lage", begann der Leiter der UN-Vertretung, „viele der äthiopischen Flüchtlinge haben durch ihre Flucht keine Schul- und Universitätszeugnisse. Darum hat das UNESCO-Team Bildungsstufentests durchgeführt. Das lief nicht ohne Probleme ab. Wir haben sie über den nationalen Rundfunk zusammengerufen. Der Test wurde im größten verfügbaren Raum durchgeführt, im Kino. Der erste Test mußte abgesagt werden, weil sich die Oromos unter den Flüchtlingen massiv bei uns und der Regierung beschwerten, daß alle Amharen die Fragen des Multiple

Choice Tests schon vorher kannten. Einige von denen", er hob die Hände, „hatten vorher bei der Vervielfältigung der Testpapiere geholfen."

„Jetzt müssen die Tests und die Aufsätze weiter ausgewertet und mündliche Tiefeninterviews hinsichtlich der Sprachkenntnisse geführt werden. Dann werden zusammen mit den Personalbögen Listen erstellt für die sogenannte anglophone, die frankophone und arabophone Gruppe – so bezeichnet nach ihren teilweise wohl schlechten Fremdsprachenkenntnissen. Die Tests sind Grundlage für unsere Umsiedlungsbestrebungen in andere Länder. Hier können sie nicht weiter zur Schule gehen. Das Gymnasium und die Berufsschule haben nicht genügend Plätze für die nationalen Kandidaten. Letztes Jahr mußte ein Abschlußjahrgang das letzte Schuljahr wiederholen, weil keine Lehrer für die Prüfungen vorhanden waren. Und eine Universität gibt es in Djibouti nicht."

„Es wäre wahrscheinlich auch hilfreich, Listen von Christen und Muslimen zu erstellen", warf Marco Hoffmann ein. „Die Riad Botschaft in Genf kann sich möglicherweise eine Ausbildung von muslimischen Schülern und Studenten in Saudi-Arabien vorstellen. Es ist aber noch nichts entschieden."

„O.k.", nahm Wilhelm Kasimir Buhawu den Einwurf auf. „Wir haben auch eine größere Koranlieferung erhalten. Die werden zunächst für Korankurse in Ali Sabieh und Dikhil eingesetzt, die dort von Flüchtlingen selbst organisiert werden. Wie ihr die Aufgaben in eurem Team aufteilt, ist eure Sache. Marco koordiniert das Ganze, insbesondere die Kontakte mit Genf und potentiellen Aufnahmeländern. Bis später, ich habe einen Termin mit dem Innenminister."

Nun wurde abgestimmt, daß Mohammed die Interviews in arabischer Sprache fortführen sollte, die schon von einer UN-Kollegin aus Kairo begonnen worden waren. Sie hatte nach ihrer Rückkehr die Bereitschaft der ägyptischen Regierung zur Aufnahme von Flüchtlingen aus Djibouti zur Ausbildung und zum Studium für eine Anzahl arabophoner und anglophoner Flüchtlinge mitgeteilt. Interviews auf Französisch sollten von einem UNESCO-Experten durchgeführt werden, der in zwei Wochen eintraf. Es gab erste Signale zur Ausbildungsbereitschaft von der Regierung der Elfenbeinküste. Die Interviews in englischer Sprache, für die größte Gruppe, teilten sich Mary und Marco auf.

27

Marco Hoffmann hatte zahlreiche Interviews durchgeführt sowie Tests und Aufsätze in englischer Sprache bewertet. Die Aufsätze handelten fast alle von erschütternden Fluchterlebnissen. Es war oft schwierig, die Personalbögen zuzuordnen, da die Namen häufig in anderer Reihenfolge angegeben wurden. War nun Ali Hassan Mohammed der gleiche wie Mohammed Hassan Ali? Die Muttersprachen oder Heimatdialekte waren zahlreich und entsprachen den vielfältigen ethnischen Zugehörigkeiten. Sie wurden auf Englisch angegeben: Adere, Affar, Amhara, Arab, Dridwe, Eritrean, Guragae, Harari, Issa, Oromo, Somali und Tigre. Geburtsdaten gaben eher ein ungefähres Alter an und waren häufig geschätzt. Angaben wie auf deutschen Standesämtern, nach denen Horoskope mit Tag und Uhrzeit erstellt werden konnten, gab es nicht. Der äthiopische Sozialarbeiter war dabei sehr hilfreich.

Gelegentlich gab es bei dieser Arbeit sogar etwas zum Schmunzeln. Beim Multiple-Choice-Test wurde auch das Fach Geschichte abgefragt. Eine Frage für die zehnte Klasse lautete, warum die Pyramiden gebaut wurden. Als eine von vier Antwortmöglichkeiten stand zu lesen: Sie wurden gebaut, damit sie von ausländischen Touristen besucht werden können. Da sage noch jemand, die UNESCO wäre humorlos.

Zwischenzeitlich war Marco Hoffmann nicht untätig geblieben, um Ausbildungsplätze für die jungen Flüchtlinge zu finden. Dabei dachte er, daß es doch auch seiner Heimatstadt gut anstehen würde, etwas zur Linderung dieser Bildungsnöte beizutragen. Und er schrieb einen Brief an den Ersten Bürgermeister der Freien und Hansestadt Hamburg, der mit den Worten endete:

„Wenn Ministerpräsident Ernst Albrecht in Niedersachsen erfreulicherweise tausend vietnamesische boat-people als Kontingentflüchtlinge aufnimmt, dann sollte es Hamburg doch möglich sein, einige meiner forgotten babies aus Djibouti zur Ausbildung aufzunehmen.

Mit besten Grüßen
Dein Marco Hoffmann."

Als letzte an diesem Abend hatte er ein Flüchtlingsmädchen, besser eine junge Flüchtlingsfrau von Anfang zwanzig, zu interviewen. Elizabeth Almaz Bekele hatte nach den Unterlagen vom Erstinterview die zwölfte Klasse beendet, somit das äthiopische Abitur. Ihre Testergebnisse schienen den Bildungshintergrund zu bestätigen.

Sie trat ein. Zunächst sah Marco Hoffmann nur ihre braunen Augen und konnte seinen Blick nicht lösen. Unter einem kleinen, roten Schal über Kopf und Schultern traten schwere, schwarze Locken hervor. Von den schwarzen Augenbrauen lief ein feiner, schmaler Nasenrücken zu den sich leicht verbreiternden Nasenflügeln hinab. Die hellbraune, warme Haut spannte sich ganz sacht über den Wangenknochen. Die vollen, roten Lippen waren leicht geöffnet, zeigten weiße Zähne. Sie war etwa einssiebzig groß und lächelte ihn schüchtern, aber zugleich durchaus selbstbewußt an. Unter ihrem weißen Umhang steckten die Füße in ausgetretenen Ledersandalen. Ihre Bewegungen waren geschmeidig, von natürlicher Eleganz. Als sie sich auf dem Bürostuhl niederließ, wurden unter dem Umhang ein rotes T-Shirt und Jeans sichtbar, die ihre schlanke Figur erkennen ließen.

Marco Hoffmann war fasziniert, was sich noch verstärkte, als sie seine Fragen mit ihrer dunklen, sonoren Stimme beantwortete. Auch sie sah ihm in die Augen, und bald erzählte nicht nur sie von ihrer Flucht und aus ihrem Leben, sondern auch Marco Hoffman von sich. Nach einer Stunde lud er sie spontan zum Essen ein, was sie gerne annahm. Sie verließen das UN-Büro und begaben sich nach Le Magala, dem großen Quartier Africain der Hauptstadt Djibouti-Ville.

Er lud sie in das Lokal La Mer Rouge ein, in das ihn vor einiger Zeit der äthiopische Sozialarbeiter Mohammed geführt hatte. Sie aßen, tranken, redeten und hatten kaum Blicke für die anderen Gäste. Elizabeth erzählte von ihrem Vater, der Lehrer in Äthiopien war, zur Opposition gehörte und eines Tages verschwand. Man hatte sie zum militärischen Kampf gezwungen. Auf ihrer rechten Schulter waren immer noch Spätfolgen der Gewehrrückstöße zu sehen.

Es blieb nur die Flucht. In einer Gruppe von Verfolgten und Kriegsflüchtlingen durchwanderte sie endlose vierzig Tage die Wüste, doch nicht alle kamen in Djibouti an. Einige traten auf Minen, andere starben vor Hunger, Durst und Erschöpfung. Sie erzählte auch von ihrer kleinen Tochter, die bei Verwandten in Ali Sabieh geblieben war, weil es dort eine bessere Versorgung gab. Gerne hätte sie eine Ausbildung gemacht.

Marco erzählte ebenfalls von sich und seiner Heimat, allerdings nicht von seiner Verlobten in Hamburg, weil er sie ganz einfach vergaß. Aus den Augen, aus dem Sinn.

Er überlegte später, ob er eine Abhängigkeit ausnützen würde, antwortete sich aber selber, daß ihn eine Erregung erfaßt hatte, die er nicht mehr kontrollieren konnte. Begehren oder Verliebtheit? Er entschied sich für das zweite und hatte das Gefühl, damit nicht allein zu sein.

Es hatte länger gedauert als geplant, aber er bekam ein Zimmer im Hotel Siesta. Jenes im Continental behielt er bei, für Almaz, den Diamanten, wie sie ihm ihren äthiopischen Namen übersetzt hatte. Vor den internationalen Leuten im Siesta wollte er seine afrikanische Lovestory doch nicht zur Schau stellen.

Die internationalen Gäste im Siesta stellten eine bunte Mischung aus UNO-Mitarbeitern, Vertretern anderer Hilfsorganisationen, Diplomaten und zahlreichen Geschäftsleuten dar. Darunter waren auch einige, deren offizieller Status ihre eigentlichen Agententätigkeiten tarnten. Denn am Horn von Afrika fand nicht nur politische Verfolgung, Bürgerkrieg und ein Krieg um den Ogaden statt, sondern auch ein Stellvertreterkrieg im Ost-West-Konflikt.

Die USA und Deutschland unterstützten Somalia, insbesondere nach der somalischen Hilfe bei der Befreiung der Geiseln aus der Lufthansa-Maschine Landshut in Mogadischu. Für die Unterstützung der sozialistischen Mengistu-Regierung in Addis Abeba waren Moskau und Havanna zuständig, obwohl sich später einige Teile der kubanischen Krieger geweigert haben sollen, gegen die Unabhängigkeitskämpfer in der äthiopischen Provinz Eritrea in die Schlacht zu ziehen. Marco Hoffmann nächtigte abwechselnd im Siesta und im Continental, aber immer häufiger mit Blick auf den Marktplatz von Djibouti.

Marco Hoffmann und Almaz trafen sich so häufig, wie es seine zeitraubende Arbeit zuließ. Freitags machten sie gelegentlich einen Ausflug mit dem Toyota Landcruiser. Einmal fuhren sie an die Küste des Golfes von Tadjoura, ein anderes Mal an die Binnenseen Lac Assal und Lac Abbé, deren Ufer wie die Umgebung mit einer Salz- und Kalkschicht überzogen waren. Sie besuchten auch das Flüchtlingslager in Ali Sabieh. Und sie begannen gemeinsame Zukunftspläne zu schmieden – der internationale Beamte der Vereinten Nationen und sein äthiopischer Diamant.

28

Marco Hoffmann saß im UN-Büro und bearbeitete seine Flüchtlingslisten, die Bildungsfälle. Das Telephon klingelte, und er nahm den Hörer ab, „Hi, Marco, hier ist Genf, Emilio." Emilio Ramirez war sein Kollege, mit dem er für die Bildungsaktivitäten des UNO-Hochkommissariates für Flüchtlinge zuständig war. Emilio war gebürtiger Kubaner, der als Kind mit seinen Eltern in die Vereinigten Staaten geflohen war. Lange schon war er amerikanischer Staatsbürger. Studiert hatte er in Harvard.

Nach einigem Informationsaustausch über die Lage in Djibouti und in Genf, teilte ihm Emilio mit: „Hier sind zwei Briefe für dich eingetroffen."

„Wahrscheinlich sind doch wesentlich mehr Briefe als zwei für mich eingetroffen", antwortete Marco Hoffmann.

„Ich meine nicht die übliche Dienstpost. Die öffne ich als deine Vertretung und bearbeite sie natürlich auch", mußte Emilio noch unbedingt hinzufügen. Er machte sich gerne wichtig und unentbehrlich.

„Von wem sind sie denn?"

„Der erste ist vom ..." Emilio machte eine Pause und versuchte, es deutsch auszusprechen, was sich sympathisch anhörte. „... Ersten Burgermeister der Freien und Hansestadt Hämbörg."

Nun war Marco Hoffmann elektrisiert.

„Und der zweite?"

„Weltweite Partnerschaft in Hamburg. Solidarität mit Afrika, Asien und Lateinamerika e. V."

„Kenne ich nicht. Aber ruf doch mal Luise Feldmann aus dem Nachbarbüro rüber." Luise Feldmann war eine deutsche UN-Sekretärin, was außer im deutschen Schreibpool selten vorkam. Die meisten anderen Sekretärinnen hatten Englisch oder Französisch als Muttersprache.

„Sie soll die Briefe öffnen und mir ..."

Verdammt noch mal. Das Gespräch war unterbrochen. Wahrscheinlich wollte ein hohes Tier der Regierung von Djibouti ein Auslandsgespräch führen, und es war keine der wenigen Leitungen frei. Heute hatte die nationale Telephonzentrale mal wieder seine gekappt.

Nun war Geduld gefragt, wie so oft in diesem Land. Aber irgendwann würde Genf sich wieder melden. Marco sinnierte, was in den Briefen wohl stehen könnte. Er war sich sicher, daß Emilio sich den persönlichen Brief des Ersten Bürgermeisters auch von Luise übersetzen ließ. Denn Emilio war neugierig und konnte manchmal ein richtiges Arschloch sein. Das hatte nichts damit zu tun, daß er schwul war. Das gab's auch unter Heteros.

Vor einiger Zeit hatte Marco den Entwurf eines UNO-Dokumentes geschrieben und Emilio zum Lesen gegeben. Kurze Zeit später bekam er durch seine angelehnte Bürotür mit, wie Emilio diesen Entwurf auf dem Flur einer UN-Direktorin mit den Worten zeigte: „Sehen Sie mal, was ich entwickelt habe."

Ein anderes Mal waren Marco und Emilio im Büro von Jane Moussalli gewesen. Sie war griechisch-ägyptischer Herkunft, arbeitete für beide, hatte aber einen niedrigeren Dienstrang. Sie hatte Papiere auf ihrem Schreibtisch ausgebreitet, an denen sie lange gearbeitet hatte. Daneben stand ein Pappbecher mit Kaffee. Emilio fuchtelte bei seinen Ausführungen so stark mit den Armen herum, daß er den Becher umkippte. Alles lief über Janes Ausarbeitungen. Statt sich zu entschuldigen, herrschte er Jane an, wie man nur einen vollen Kaffeebecher so dumm hinstellen könne, daß ein anderer ihn umstoßen muß. Am wenigsten gefiel den internationalen Kollegen seine Art, immer alles besser zu wissen. Er kam ja aus God's own country.

Aber man konnte mit Emilio auch professionell zusammenarbeiten, und manchmal war er äußerst charmant. Rührend fand Marco seine Erzählung, wie er kurz nach der Flucht in einen Schneesturm geriet. „Stell dir vor, ein kleiner kubanischer Junge mitten in einem Blizzard", schüttelte er sich noch Jahre später.

Das Telephon klingelte. Emilio war am Apparat und gab ihm Luise Feldmann. Sie las aus dem Brief des Ersten Bürgermeisters an den „lieben Marco" vor, daß er sich sehr über dessen Brief gefreut und ihn mit Interesse gelesen habe, insbesondere, da ihn internationale Angelegenheiten und die Vereinten Nationen schon immer interessiert hätten. Leider könne er selbst direkt nichts unternehmen. Er habe die Unterlagen aber an die Weltweite Partnerschaft e. V. in Hamburg weitergeleitet und hoffe, daß ihm von dort aus geholfen werden könne. Es folgten noch einige Anmerkungen zu Problemen in der Hamburger Lokalpolitik, wie Atomkraft und Radikalenerlaß.

Auch den zweiten Brief faßte Luise Feldmann schnell und raffend zusammen, für den Fall, daß die Leitung wieder zusammenbräche. Er stammte vom Geschäftsführer der Weltweiten Partnerschaft und teilte mit, daß erfreulicherweise fünf Ausbildungsplätze, Stipendien und Aufenthaltsgenehmigung für die Ausbildungszeit in Hamburg zur Verfügung gestellt werden könnten. Es handle sich um Berufsausbildungs-, nicht um Studienplätze. Die Weltweite Partnerschaft erwarte Kandidatenvorschläge für diese Plätze. Die Auswahl solle nach beigefügten Kriterien von der UNO getroffen werden. Sie las die Kriterien vor.

„Danke Luise, daß ist eine sehr gute Nachricht." Marco dachte noch kurz, daß Emilio Ramirez jetzt wahrscheinlich schon durch das Genfer UN-Gebäude lief, um jedem mitzuteilen, daß er fünf Ausbildungsplätze für Flüchtlinge besorgt hätte. Dann machte er sich an die Arbeit.

Er stellte eine Liste mit Kandidaten für die Ausbildungsplätze in Hamburg zusammen. An die erste Stelle der Liste setzte er Elizabeth Almaz Bekele.

Abends im Continental berichtete er von der Angelegenheit. Almaz warf ihm einen dankbaren Blick zu. Er fügte hinzu: „Dann bist du in Europa. Und wir können uns häufiger sehen. Nach den Ausbildungsjahren sehen wir mit deinem Aufenthalt weiter. Später kann vielleicht auch deine Tochter nachkommen. Im Moment ist sie wohl besser bei deinen Verwandten aufgehoben. Übrigens", fuhr er lächelnd fort und nahm sie in den Arm, „kann man einen Aufenthalt auch durch eine Heirat verlängern."

„Du weißt vielleicht gar nichts von meiner Sehnsucht nach menschlicher Wärme, nach deiner, und nach einem Leben in Frieden und Sicherheit. Und dann noch eine Ausbildung. I love you", antwortete sie glücklich.

Zur Feier des Tages begaben sie sich wieder ins afrikanische Viertel Le Magala und steuerten das La Mer Rouge an.

29

Marco Hoffmann verließ sein Genfer Appartement, stieg in seinen dunkelblauen Alfa Romeo, fuhr die Rue de Montbrillant entlang, überquerte den Place des Nations, sah vor dem Eingangsportal des Palais des Nations, dem ehemaligen Völkerbundspalast, Nationalflaggen aus aller Welt wehen, bog nach rechts in die Avenue de la Paix ein, querte die Rue de Lausanne, passierte das geöffnete schmiedeeiserne Tor mit den Goldspitzen und grüßte die Sicherheitsbeamten zurück.

Auf dem Parkplatz des Centre William Rappard, des gemeinsamen Dienstgebäudes der Handels- und Zollorganisation GATT und des United Nations High Commissioner for Refugees, stellte er wenig später den Motor aus. An den Fenstern waren keine Kolleginnen und Kollegen zu sehen, denn es war ein normaler Arbeitstag. Kein hoher Besuch war zu erwarten, wie kürzlich Königin Silvia von Schweden.

Er blickte kurz aus dem Fenster auf den Park Mon Repos und den Genfer See, wandte sich dann seinem Schreibtisch zu. Seine Sekretärin hatte den Eingangskorb mit der Aufschrift „In" hoch bepackt, später am Tag würde er, hoffentlich, den Korb mit der Aufschrift „Out" ebenso gefüllt haben. Seine Liste mit den Kandidaten aus Djibouti hatte er bereits vom Horn von Afrika mit dem Pouch, der Diplomatenpost, nach Genf geschickt, von wo sie nach Hamburg weitergeleitet wurde.

Emilio Ramirez steckte kurz seinen dunklen Lokkenkopf durch die Tür und teilte mit, daß am Nachmittag um drei Uhr ein Meeting bei der Direktorin stattfände. Themen: Umsiedlungsmaßnahmen für boat-people und Ausbildung für Flüchtlinge aus dem Südlichen Afrika. Mit „see you later" verschwand er wieder. Wahrscheinlich, dachte Marco Hoffmann, macht Emilio jetzt wieder eine spektakuläre „action". Das machten die amerikanischen Kollegen gerne, action, action, action. Manchmal, dachte er weiter, wäre es gut, vorher ein wenig mehr zu planen und zu überlegen. Falls die Aktion mißlang, hätten andere schuld, und Emilio würde das Ganze mit ebensolchem dramaturgischen Aufwand wieder zurückdrehen, was neue action bedeutete.

Das Telephon klingelte kurz vor Mittag, er nahm ab und meldete sich: „Hello, Hoffmann speaking." Das hatte er sich so angewöhnt, denn hier sollte eigentlich jeder fließend Englisch und Französisch sprechen. Konnte er auch, aber er bevorzugte Englisch. Wenn der Gesprächspartner beharrlich bei Französisch blieb, begann ein kleiner Kampf um die Sprache. Selten war jemand am anderen Ende beharrlicher als er, oder er konnte kein Französisch. Das war häufig bei Amerikanern der Fall. Aber, rief er sich bei diesem Gedanken zur Ordnung, es gab auch sehr nette amerikanische Kollegen hier, die gut Französisch sprachen.

„Hallo Marco, hier ist Margret." Es war seine Verlobte aus Hamburg. Aber was hieß schon Verlobung? Sie waren vor seinem Dienstantritt in Genf seit einem Jahr zusammen gewesen. Weil sie beide die Gefahr der Entfernung ahnten, hatten sie ihrer Verbindung beim Griechen in Eppendorf eine festere Struktur gegeben. Mündlich, ohne Ringe. Sie fragte nicht ständig nach, was er gerade machte, und er wußte es von ihr auch nicht im Detail.

Zweifellos mochte er sie, die blonde, langhaarige, mutige Jungunternehmerin, die eine Buchhandlung eröffnet hatte. Er hatte das Gefühl, daß ihre Verlobung sich zu einer besseren Brief- und Telephonfreundschaft mit gelegentlichen Besuchen entwickelt hatte. Sie sah es wohl gelegentlich anders, setzte ihn aber nicht unter Druck. Dafür war sie zu klug. Sie konnte, ging es ihm gelegentlich durch den Kopf, jetzt sogar die Bücher verkaufen, die sie gerne las, über Liebe, Sehnsucht und fremde Länder. Zugegeben, er las sie auch gerne. Aber er hatte nun den äthiopischen Diamanten gefunden, dessen Feuer immer noch in sein Herz strahlte, ein Buch, erfüllt mit wirklichem Leben.

„Hallo Margret, schön dich zu hören."

„Ich muß mich kurz fassen, obwohl ich gerne länger mit dir reden würde. Ich habe eine gute und eine schlechte Nachricht."

„Dann mal die schlechte zuerst", entschied Marco.

„Mein Vater ist gestorben."

„Oh, das tut mir leid. Mein Beileid. Ich mochte ihn einfach gern. Leider kann ich dich nicht in den Arm nehmen."

„Die Beerdigung ist Anfang nächster Woche. Montag."

„Ich seh mal zu, daß ich kommen kann, und check gleich mal die Flüge ab. Versprechen kann ich es jetzt noch nicht."

„Ich würde mich sehr freuen."

Marco unterbrach das Schweigen. „Bei dieser traurigen Nachricht kann ich mir gar nicht vorstellen, daß es auch noch eine gute gibt."

„Wie man's nimmt. Eigentlich zwei, obwohl ich auf die eine lieber verzichtet hätte. Ich erbe wahrscheinlich das Haus meines Vaters im Landkreis Cuxhaven – und was er sonst noch so hatte."

Marco wußte, daß dies nicht gerade wenig war. Und das großzügige Friesenhaus in der Wingst hatte ihn schon beim ersten Besuch beeindruckt. Mit den rot gedeckten Friesengiebeln, den großen Räumen mit Parkett im unteren Wohnbereich, dem geräumigen Eßzimmer mit den Holzbalken an der Decke, das fließend in die ebenso große Küche überging. Hier und auf den Terrassen, konnte man viele Gäste bewirten, und sie würden ebenfalls beeindruckt sein. Nun müßten sie nicht mehr in dem kleinen Gästeschlafzimmer nächtigen. Diesen unsensiblen Gedankengang verdrängte er sofort.

„Schön", antwortete er, „aber natürlich nicht unter diesen Umständen. Da gebe ich dir recht. Und du hattest noch eine gute Nachricht, die nichts mit der schlechten zu tun hat?"

„Ja", zögerte sie etwas, „obwohl ich mir nicht sicher bin, ob du es für eine gute Nachricht hältst?"

„Nun sag schon. Du weißt, daß ich neugierig sein kann", ermunterte er Margret.

„Also gut. Ich habe meiner besten Freundin erzählt, daß ich unser Getrenntleben auf Dauer gar nicht gut finde." Marco Hoffmann spitzte die Ohren und dachte, welche Nummer kommt denn jetzt? Ihre beste Freundin kannte er.

„Ihr Onkel", fuhr sie fort, „ist Senatsdirektor in Hamburg. Sie war auf seinem Geburtstag und hat zufällig erfahren, daß in seinem Bereich eine Stelle neu zu besetzen ist. Wegen Pensionierung. Der Stelleninhaber ist für internationale Angelegenheiten und auch für die nahezu hundert Konsulate und Generalkonsulate in Hamburg zuständig. Sie hat ihm von dir und deiner Arbeit bei der UNO in Genf erzählt. Jedenfalls soweit sie es wußte.

„Und?" fragte Marco Hoffmann interessiert und abwehrend zugleich.

„Er kann sich das mit deinem Hintergrund gut vorstellen. Mal frisches Blut in den Laden und Auslandserfahrungen fand er hervorragend. UNO auch. Außerdem bist du beurlaubter Hamburger Beamter. Natürlich müßte er dich mal persönlich kennenlernen."

„Hmm", gab Marco von sich. „Und was für eine Stelle ist das? Ich meine besoldungsmäßig?"

„Natürlich wußte ich, daß du das fragen wirst. Es wäre eine Stelle als Oberregierungsrat."

„Das ist ja nicht besonders viel", antwortete er und dachte, also A14, gerade mal eine Besoldungsstufe höher als vor meinem Wechsel nach Genf. „Da verdiene ich hier doch wesentlich mehr, schon mit dem Grundgehalt, vom Genfer Ortszuschlag gar nicht zu reden. Alles steuerfrei. Und Genf und die UNO."

„Dafür ist Genf aber auch viel teurer, wie du immer erzählst. Außerdem", legte sie den Finger in seine offene Wunde, „wolltest du doch immer zurück in die Politik. Nach Hamburg oder Niedersachsen. Das geht doch von hier oben viel besser. Du hast beide Möglichkeiten, denn", sie machte eine Pause, „mein Haus ist auch dein Haus." Sie schwieg einen Moment und fuhr fort: „Außerdem würde ich mich freuen. Ich fühle mich so allein. Gerade jetzt."

„Das verstehe ich natürlich", sagte Marco, „aber du wirst auch verstehen, daß dies alles für mich sehr überraschend kommt. Ich muß mir das in Ruhe durch den Kopf gehen lassen. Montag bin ich irgendwie da, mit dem Flieger, der Bahn oder dem Auto. Mal sehen, ob ich zusätzlich ein oder zwei Urlaubstage bekomme."

„Schön, bis Montag", hauchte Margret.

Marco Hoffmann blieb benommen auf seinem Bürostuhl sitzen, drehte ihn, blickte auf die Weltkarte an der Wand und stand auf. Er verließ das Büro, auf dem Flur eilte Emilio mit einem Kollegen aus dem Sudan vorbei. Entweder fuhren sie mit dem Fahrstuhl zur Kantine mit Seeblick oder gingen durch den Botanischen Garten zur Cafeteria des Palais des Nations hinauf. Marco winkte nur kurz und stieg langsam die Stufen am Haupteingang hinab.

Er ging über den Parkplatz in den Park Mon Repos und weiter zur Promenade des Lac Léman, wie der Genfer See hier genannt wurde. Er fühlte instinktiv, daß er auf eine der Weichen zufuhr, die das Leben in unterschiedliche Richtungen gleiten ließ. Nein, er fühlte es nicht nur, er wußte es. Nun lag es an ihm, die Weiche zu stellen.

Er wanderte an der Promenade entlang, sah das Genfer Wahrzeichen, die hochaufsteigende Fontäne in der Sonne glitzern, sah den Montblanc auf der französischen Seite des Sees mächtig in den blauen Himmel ragen. Schön ist es hier, dachte er. Er dachte aber auch an das Rotationssystem des UNO-Hochkommissariates, das alle drei Jahre eine Versetzung vorsah.

Jeder Einsatzort auf der Welt war möglich, auch die von allen wenig geliebten Härteposten. Der ständige Wechsel ließ keine dauerhaften Freundeskreise zu, viele seiner Kollegen und Kolleginnen waren geschieden. Viele heirateten gar nicht erst. An jedem neuen Dienstposten wurde zumeist die möblierte Wohnung des Vorgängers übernommen und der Gebrauchtwagen gleich mit. Er liebte das internationale Leben, sehnte sich aber auch nach einem Ort, wo er hingehörte. Zugvogel mit festem Nest, das wäre genial.

Das reizte ihn auch an der Politik. Aber nicht nur das. Er glaubte aus früheren Jahren, politisches Talent zu haben und spürte das kämpferische Politikerblut in sich. Alle sogenannten guten und schlechten Eigenschaften konnten ausgelebt werden. Hilfsbereitschaft, soziales Engagement, Aufstiegswillen, Karrierestreben, höheres Einkommen, Machtgier, Statussymbole, Selbstdarstellung und Pflege von Eitelkeiten. Das gehörte zum Geschäft. Jedenfalls, wenn man ehrlich zu sich war und die Eigenschaft besaß, das meiste unter dem Vorwand des Allgemeinwohls vor der Öffentlichkeit und der Parteibasis verbergen zu können.

Das Feuer des äthiopischen Diamanten brannte zugleich in ihm. Voller Sehnsucht dachte er an Almaz, sie verkörperte alles, was seine Sehnsüchte ausmachte. Entweder, er fand zu ihr, oder er würde sie in jeder anderen Frau suchen. Immer wieder – und unerreichbar. Er war sich mit dem Verstand darüber im klaren, daß Almaz und Margret zusammen in Hamburg eine Katastrophe auslösen würden. Für alle. Eine Entscheidung war fällig. Die Weiche mußte gestellt werden.

Zurück in seinem Büro, setzte er sich an seinen Schreibtisch. Er schrieb einen Brief und adressierte ihn nach Hamburg. Dann schrieb er einen zweiten Brief. Dieser ging mit dem Pouch nach Djibouti.

30

Teresa Holtland stieg aus der Dusche ihrer Duhner Ferienwohnung, und Dr. Marco Hoffmann reichte ihr das große, weiße Badetuch. Sie legte es sich mit geschmeidigen Bewegungen und natürlicher Eleganz um die Schultern, umhüllte ihre schlanke Figur. In diesem Augenblick stieg in ihm das Bild einer angejahrten Dusche mit Ziehkette und ein breites Bett auf, mit einem Moskitonetz überspannt. Teresa verschwamm mit Almaz. Die kastanienbraunen Haare vom Wasser nahezu schwarz, von ihren dunklen Augenbrauen lief ein feiner, schmaler Nasenrücken zu den sich verbreiternden Nasenflügeln hinab. Er sah Teresas gebräunte, warme Haut, die leicht geöffneten vollen, roten Lippen, ihre weißen Zähne. Sie war einssiebzig groß, lächelte ihn schüchtern, aber zugleich selbstbewußt an. Almaz, Teresa, das Feuer des Diamanten begleitete ihn.

Teresa räkelte sich nun im weißen Bademantel auf ihrer schwarzen Ledercouch, dem einzigen Möbelstück in ihrem Wohnzimmer, das aus dem Rahmen des Landhausstiles fiel. Dr. Marco Hoffmann machte sich zum Aufbruch bereit.

„Was ist nun?" fragte er Teresa. „Ich brauche deine Hilfe. Und zwar so schnell wie möglich. Die Dinge könnten sonst eskalieren und aus dem Ruder laufen. Denke doch", lockte er wieder, „an unsere Zukunftspläne, die wir gemeinsam geschmiedet haben."

„Ich habe die Chancen und Risiken noch einmal gegeneinander gehalten", erwiderte sie. „Die Chancen für uns sind größer als mein Risiko. Ich kann die Papiere besorgen. Vielleicht bekommt eine Kollegin Ärger, aber man wird ihr kein Dienstvergehen nachweisen können. Fahrlässigkeit vielleicht, wenn überhaupt. Ihren Job wird sie behalten. Das beruhigt mich bei der Sache. Ich brauche aber zwei Paßphotos."

„Du bist ein Schatz. I love you."

„Wer nicht wagt, der nicht gewinnt", lächelte sie ihn an. „Außerdem kann ich so etwas nicht lange üben. Es ist unmöglich zu überprüfen, welche Entscheidung die richtige ist. Ich fühle mich wie eine Schauspielerin, die auf die Bühne geht, ohne das Stück vorher je geprobt zu haben. So ist das Leben bei wichtigen Entscheidungen immer."

„Nun wirst du ja richtig literarisch und philosophisch. Klingt aber nicht schlecht. Wie lange dauert das Ganze?"

„Wenn ich die Photos habe, vielleicht zwei oder drei Tage, möglicherweise etwas länger. Ich kann das ja nicht erledigen, als ob es meine Dienstgeschäfte wären."

„Es muß so schnell wie möglich gehen", drängte Dr. Marco Hoffmann. „Übrigens, um noch mal auf die SPD-Unterbezirksvorstandssitzung zurückzukommen, von der ich dir erzählt habe. Bei dem Grußwort zum Internationalen Tag des Flüchtlings habe ich irgendwie ein komisches Gefühl."

„Wieso das denn? Das verstehe ich nicht. Das ist doch dein Thema, deine große Nummer. Dafür bist du doch bekannt, und auch geschätzt."

„Genau deswegen konnte ich nichts dagegen einwenden. Ach, ich weiß es selber nicht genau. Vielleicht bin ich einfach etwas überanstrengt."

Er gab ihr einen Kuß, und sie zog dabei seinen Kopf zu sich herunter. Dann verließ er die Ferienwohnung mit Blick auf die Nordsee.

Als er im Wagen Platz genommen hatte, meldete sich sein Handy mit der Melodie von Yesterday. Wenn man gestern etwas weiter faßt, dachte er, dann lagen meine Sorgen und Scherereien wirklich noch in weiter Ferne. Er meldete sich und erkannte sofort die Stimme.

„O.k.", antwortete er. „Wir sollten uns an einem Ort treffen, wo uns niemand über den Weg läuft. Das ist besser für mich, und für dich allemal." Er beschrieb dem Anrufer den Treffpunkt.

31

Dr. Marco Hoffmann fuhr von Cuxhaven über die B 73 nach Cadenberge, bog an der Ampelkreuzung zur Kronen-Apotheke hin in die Bahnhofsstraße ab und am Ende der Langenstraße in das Waldgebiet der Wingst. Er nahm die dichtbewaldete und schlaglochreiche Wasserwerkstraße bis zum einzigen Bauwerk mitten im Wald, dem Namensgeber dieser Straße. Am Wasserwerk bog er links in einen kleinen Waldweg ein und fuhr einige hundert Meter unter Baumkronen entlang, parkte dann linkerhand auf einem noch engeren Waldweg vor einem Stopschild für Reiter mit dem Zusatz „Reiter frei nur mit Vignette".

Er stieg aus, ging diesen Reiterpfad noch etwa fünfzig Meter zu Fuß entlang und blieb vor einem schwarzen, schmiedeeisernen Tor stehen. Das Tor war in einen Erdwall eingebaut, der ein längliches Viereck von etwa fünfzig mal achtzig Metern umgab. Der Erdwall war von Nadelbäumen, Birken und anderen Laubbäumen dicht umwachsen.

Das Innere bedeckte eine hohe Laubschicht, an einigen Stellen wuchs Gestrüpp und hohes Gras. Die ebenfalls aufragenden Stämme standen etwas weiter voneinander entfernt, aber dicht genug, daß deren Kronen den Himmel verdeckten. In der Dämmerung wirkte dieser Ort unheimlich. Der Bundestagsabgeordnete war sich gar nicht mehr sicher, ob es eine gute Idee gewesen war, diesen Treffpunkt zu wählen. Es hatte schon seinen Grund, warum hier tagsüber selten jemand und ab einbrechender Dunkelheit niemand mehr freiwillig anzutreffen war.

Er stieg über den Erdwall neben dem geschlossenen Tor und machte widerstrebend einige Schritte in das große Viereck hinein. Am liebsten wollte er seine Verabredung nicht einhalten und umkehren. Aber das wäre seiner Ansicht nach das größere Übel für ihn gewesen.

Rechts stand eine Dreiergruppe von bemoosten Grabsteinen, es folgte eine Vierergruppe, dann schritt er mit eingezogenen Schultern an vierzehn weiteren grün überzogenen Grabmalen entlang, einige waren an den Ecken abgebrochen, von anderen war nur die untere Hälfte vorhanden – Rudimente.

Moos überzog viele Inschriften, dennoch konnte man Jahreszahlen erkennen: 1858, 1879, 1890 und 1894. Die Grabinschriften waren in deutscher und hebräischer Schrift gemeißelt. Hoffmann stand auf dem Wingster Judenfriedhof, mitten im Wald, weitab von jeder Behausung.

Das letzte Grabmal in der Reihe war am besten erhalten, schwarzer Marmor mit gut lesbaren weißen Schriftzeichen in hebräischer und deutscher Sprache, die Ruhestätte der Familie Philippsohn aus Osten an der Oste. Auf der hohen Grabstele in der Mitte stand Julius und Louise Philippsohn, die letzte, die 1926 auf dem Friedhof der Einwohner mosaischen Glaubens zu Grabe getragen wurde. Auf dem niedrigeren Grabstein links konnte er Benno Philippsohn lesen, gefallen 1918 in Frankreich, rechts Simon Philippsohn, gefallen 1915 in Galizien. Für das deutsche Vaterland, ergänzte Dr. Marco Hoffmann in Gedanken.

„Hallo Alter", riß ihn ein Ruf in seinem Rücken aus den düsteren Betrachtungen. Er zuckte zusammen und drehte sich in die Richtung, aus welcher der Ruf ertönte. Johann Vandenbrook trat hinter einem mächtigen Baumstamm hervor. Er hatte sich unbemerkt und geräuschlos genähert. Diese Art der Pirsch hatte der Fremdenlegionär in Afrika lange genug trainiert. Es war eine Überlebensstrategie, die ihm in Fleisch und Blut übergegangen war.

Vandenbrook trug eine weite, grüne Filzjacke, darunter dunkelgrüne Jeans und feste, schwarze Stiefel. Die Kleidung paßte sich der Landschaft an, besser als Hoffmanns hellbraunes Oxford-Jackett mit kleinen dunkelbraunen und schwarzen Karos, der anthrazitfarbenen Flanellhose, schwarzen Halbschuhen und dem roten Schlips über dem weißen Hemd.

„Hallo Jan", hob Marco Hoffmann die rechte Hand. „Du hast mich ganz schön erschreckt."

„Ich muß vorsichtig sein", deutete die untere Gesichtshälfte ein Grinsen an. Die Augen unter dem kurzen Stoppelschnitt blieben kalt. „Ich gehe davon aus, daß die Bullen hinter mir her sind. Sie haben sicher herausgefunden, daß ich auf der Werft war."

„Was habt ihr bloß für eine Scheiße auf der Werft gebaut", hielt Marco Hoffmann dem Ex-Legionär vor. „Die ganze ruhige Gegend ist in Aufruhr versetzt. Und mich ziehst du mit rein."

„Was heißt, ich ziehe dich mit rein? Du hast mir doch das schwarz-weiße Brikett auf die Werft geschickt."

„Nun hör mal gut zu, mein lieber Jan", eröffnete Marco Hoffmann seine Sicht der Dinge. „Gabriel kam zu mir und wollte als mein Sohn anerkannt werden, offiziell mit allen Papieren. Er verlangte eine schriftliche Bestätigung von mir sowie die schriftliche Zusicherung eines üppigen Stipendiums. Als ich ablehnte, drohte er mir, mit Geschichten aus Djibouti an die Presse zu gehen."

„Er wußte scheinbar, wo der wunde Punkt von Politikern liegt. Ganz clever, der Kleine", meinte Johann Vandenbrook. „Ganz der Vater."

„Wenn er clever genug gewesen wäre, hätte er auch gewußt, daß ich das so nicht durchgehen lassen kann. Meine Karriere hätte vorbei sein können. Gerade in der SPD. Darum habe ich ihn zu dir geschickt, zu einem alten Freund, der sich um ihn kümmert, habe ich ihm gesagt. Aber es war zwischen uns abgemacht, daß du ihn nur nachhaltig einschüchterst, ihm die Instrumente zeigst. Das hat ja im Mittelalter vor der Folter auch schon oft genug ausgereicht. Du schleppst sie ja überall auf der Welt mit dir rum."

Beide wußten, von welchen Instrumenten und Trophäen die Rede war. Jan hatte sie ihm bereits in Djibouti in seiner Legionärskaserne gezeigt und auch, als Marco Hoffmann nach Südfrankreich in den Urlaub fuhr und einen Aufenthalt in Orange, dem Hauptquartier der französischen Fremdenlegionäre, einlegte. Dort lagen sie ebenfalls auf Jans Bettkasten in der Kaserne, die selbstgeschossenen Totenköpfe, der Krummdolch und ein weiteres Instrument – ein spezielles Bajonett, für das Soldaten und andere Kämpfer im Zweiten Weltkrieg sofort standrechtlich erschossen wurden, wenn sie mit einem solchen Seitengewehr in Gefangenschaft gerieten.

„Ich war mir sicher", sprach Marco Hoffmann weiter, „das würde vollkommen ausreichen, damit er mich in Ruhe läßt und aus meinem Leben verschwindet. Und du Vollidiot mußt ihn umbringen. Nach dem, was ich im Oste-Kurier gelesen habe, gehe ich jedenfalls davon aus. Aber eigentlich will ich es gar nicht genau wissen."

„Warum denn nicht?" fragte Vandenbrook zynisch und wußte, daß er den Abgeordneten damit noch gefügiger machen konnte. „Dein Sprößling kam leider dazu, wie ich eine größere Ladung Holzkohle", er machte eine kurze Pause und grinste, „für mich privat auf dem Werfthof in einen Transporter packte. Clever, wie er war, erkannte er, worum es ging, und glaubte nun, dich noch besser in der Hand zu haben. Er hielt es für klug, mir damit zu drohen. Leider übersah er, daß er damit auch mir übel schaden würde. Und die Instrumente hatte er noch nicht gesehen. Sonst wäre das schlaue Bürschchen wohl vorsichtiger gewesen."

„Und?" fragte Hoffmann entgegen seiner Absicht.

„Und dann?" lachte Vandenbrook, „hat er ganz schnell mein Spezialinstrument kennengelernt. Gesehen hat er es höchstens zwei Sekunden, und ich hatte dann den Ärger mit der Leiche – oder fast Leiche. Denn einen kleinen Moment hat es noch gedauert. Ich mußte ihm glatt noch etwas den Mund zuhalten."

„Du Schwein", entfuhr es Hoffmann, der aber weiter merkwürdig gebannt zuhörte.

„Und dann", fuhr Vandenbrook unbeirrt fort, „habe ich ihn mit seinen Rucksackträgern am Haken des Krans befestigt und wollte ihn so schwungvoll wie möglich in die Oste befördern, absenken, mit dem kleinen Boot hinterher und ihn vom Haken trennen. Leider muß der Rucksack gerissen sein. Er ist rausgerutscht und auf der Fähre gelandet. Das wars dann."

Hoffmann blieb stumm.

„So, nun zum Gegengeschäft. Wo sind die Papiere und die fünfzigtausend Mark, die ich mir gerne von dir leihen möchte." Das Wort „leihen" zog er mit Betonung in die Länge. „Du weißt, daß auch ich der Presse eine nette Geschichte aus Djibouti stecken könnte."

„Was heißt Gegengeschäft?" brauste Hoffmann auf. „Was du gemacht hast, war nicht Teil des Geschäftes."

Dann beruhigte er sich wieder, weil er wußte, daß es nichts brachte. Er mußte unbeschadet aus dieser Nummer rauskommen. Trotzdem wies er dem anderen zunächst noch eine Schuld zu. „Du hattest trotz deines Hamburger Vorlebens saubere Entlassungspapiere von der Legion. Dann deine hirnverbrannte Scheiße in Saarbrücken, und jetzt in Geversdorf." Er machte eine Pause und holte tief Luft. „Aber gut, wir haben beide das gleiche Interesse, nämlich, daß du so schnell wie möglich verschwindest. Du kannst einen neuen Paß bekommen. Aber wir", er verbesserte sich, „ich brauche zwei Paßbilder von dir."

„Du spinnst wohl", sprangen nun Vandenbrook die Zornesfalten auf die Stirn. „Wo soll ich die denn herbekommen? Vom Photostudio in der Wingst? Oder von dem Photo- und Papiergeschäft in der Cadenberger Bahnhofsstraße? Da kann ich auch gleich zur Polizei gehen." Nach einem Augenblick hatte er die Situation realistisch eingeschätzt.

„Das geht nicht. Das können wir vergessen. Aber dann will ich die fünfzigtausend Eier. Damit kann ich mich Richtung Orange durchschlagen. Die alten Kameraden werden mich nicht hängenlassen. Her mit der Kohle. Und zwar sofort."

„So viel Geld habe ich nicht flüssig", wehrte Hoffmann ab. „Das wird noch zwei oder drei Tage dauern. Ich muß Wertpapiere verkaufen."

„Irgendwie habe ich das dringende Gefühl", wurde Vandenbrooks Stimme kalt und drohend, „daß du mich verladen willst. Ich erledige meinen Teil, und du willst mich über den Tisch ziehen. Das trifft die Ehre der Legion. Du weißt genau, daß ich keine Zeit habe."
Bevor Hoffmann sich verteidigen konnte, näherte sich das Rotorgeräusch eines Hubschraubers. Beide sahen, wie das Waldgebiet vom Helikopter aus mit einem Suchscheinwerfer ausgeleuchtet wurde. Der Suchstrahl war noch weit entfernt. Er näherte sich, zog in eine andere Richtung ab und kam wieder näher.
„Du Schwein", schrie nun Vandenbrook. „Du miese Politikersau willst mich den Bullen ans Messer liefern." Er griff unter seine weite, grüne Jacke, und Hoffmann sah trotz der Dunkelheit, was er hervorzog. Ein Bajonett mit scharfen Widerhaken. Reflexartig machte er kehrt und lief so schnell er konnte in Richtung des schmiedeeisernen Tores. Er lief um sein Leben. Johann Vandenbrook kam immer näher. Er war besser trainiert. Kurz vor dem Erdwall und dem schwarzen Eisentor bedurfte es nur noch weniger Schritte, und der Ex-Legionär hätte Hoffmann erreicht. Er hob bereits den Arm mit der fürchterlichen Waffe.

In diesem Augenblick peitschte ein Schuß durch die Wingst und Johann Vandenbrook wurde im Lauf zurückgeworfen. Ein zweiter Schuß und ein dritter folgten. Marco Hoffmann spürte Explosionen in unmittelbarer Nähe. Trotz des Rotorlärms.

Er klammerte sich zitternd und keuchend an das Tor. Auf der anderen Seite des Erdwalls erhob sich eine dunkle Gestalt und sprach mit lauter Stimme in den Lärm hinein: „Gott sei seiner Seele gnädig." Hoffmann erkannte die Stimme von John Kowalski. Ohne nachzudenken entfuhr es ihm: „Du sollst nicht töten."

„In diesem Fall", hielt ihm John Kowalski entgegen und versenkte eine großkalibrige Handfeuerwaffe in seiner Jackentasche, „halte ich es lieber mit dem Alten Testament. Auge um Auge, Zahn um Zahn. Außerdem war es Notwehr, sonst würdest du jetzt dort liegen."

Er deutete mit seinem Lederhandschuh auf Johann Vandenbrook, der neben dem schmiedeeisernen Tor mit den Beinen im nassen Laub und mit dem Oberkörper halb auf dem Erdwall zur letzten Ruhe gekommen war. Das gezackte Bajonett mit den Widerhaken lag neben seiner geöffneten Hand.

„Danke", sagte Hoffmann nach einer kurzen Verschnaufpause. „Was machst du denn hier?"

„Ich bin Jan gefolgt. Er war ja noch nicht lange in der Gegend. Deshalb konnte es nur einen Unterschlupf für ihn geben, den wir beide kannten. Beim Holzurburger Wald, in der Nähe von Bederkesa. Ich wußte, daß er mich betrog und", er zögerte kurz, „afrikanische Holzkohle auf eigene Rechnung verkaufte. Größere Mengen und an Kleindealer in der Gegend. Der Idiot. Deswegen flog alles auf. Ich dachte, daß er sich mit einem Großhändler treffen will und wollte mich an dem Cash beteiligen. Schließlich ist es mein Import- und Exportgeschäft."

Der Rotor und der Lichtkegel kamen näher.

„Wir müssen sofort weg", drängte Hoffmann. Das sah sein Gegenüber ganz genauso.

Bevor John Kowalski sich auf dem Reitweg entfernte, drehte er sich noch einmal um. „Du stehst in meiner Schuld. Denk bitte dran, falls ich dich einmal brauche."

„Und denk du bitte dran, daß du deinen Mund hältst und mich nicht reinreißt. Ich kann nur etwas für dich tun, früher oder später, wenn ich mein Abgeordnetenmandat behalte."

„O.k., abgemacht. Omerta, die Schweigepflicht der sizilianischen Mafia, gegen humanitäre Hilfe." Er verschwand im Dunkel.

Hoffmann startete seinen Wagen, betätigte allerdings nicht den Lichtschalter. Zufrieden stellte er fest, daß es kräftig zu regnen begann. Das würde sämtliche Fuß- und Reifenspuren im Morast versinken lassen. Am Wasserwerk sah er jetzt einen Opel-Kombi stehen. Vielleicht war Johann Vandenbrook damit gekommen. Bestimmt geknackt und kurzgeschlossen. John Kowalski, dachte er, hat seinen Geländewagen wahrscheinlich in einer der bewaldeten Ausbuchtungen der Wasserwerkstraße oder auf dem gegenüberliegenden Waldweg zur Königstanne und dem Deutschen Olymp hinauf verborgen.

Hoffmann fuhr die Wasserwerkstraße in die entgegengesetzte Richtung als bei seiner Anfahrt, bog einmal links und dann wieder rechts ab. Kurz vor dem Hotel Wikings Inn schaltete er die Scheinwerfer ein und atmete tief durch.

32

Amandus Abendroth hatte an der Pressekonferenz im Cuxhavener Polizeihaus teilgenommen und sich eifrig Notizen gemacht. Anschließend hatte er noch eine kurze Unterhaltung mit Heiner Drewes, Fritjof Martens und dem Ersten Hauptkommissar der Kripo Cuxhaven, Karl Langner, angehängt. Dann war er in die Redaktion gefahren, um seinen Bericht zu schreiben.

Nun überflog er am nächsten Morgen den Aufmacher auf der Titelseite, der auf seinen ausführlichen Bericht auf Seite drei hinwies. Unter der Fettüberschrift: „Mord auf dem Judenfriedhof" war in kleineren Fettbuchstaben gesetzt: „Geversdorfer Werftbesitzer festgenommen."

„Wie wir in unserer gestrigen Ausgabe kurz berichteten, wurde ein Toter auf dem Wingster Judenfriedhof gefunden. Er wurde offensichtlich durch Schußwaffengebrauch getötet. Er soll vorher kurze Zeit auf der Geversdorfer Werft ansässig gewesen sein und war nach dem Rauschgiftfund auf dem Werftgelände flüchtig. Nach Angaben der Polizei gibt es Hinweise, daß der Tote vom Judenfriedhof mit dem Tötungsdelikt auf der Geversdorfer Fähre in Verbindung steht. Nähere Angaben wollte die Polizei aus ermittlungstaktischen Gründen zu diesem Zeitpunkt nicht machen.

Im Rahmen einer Ringfahndung wurde der Geversdorfer Werftbesitzer Horst K. in Dingwörden festgenommen. Er leistete keinen Widerstand und wurde zur ersten Vernehmung nach Cuxhaven gebracht. Doch vor der Kriminalpolizei verweigerte er zunächst die Aussage. Nach Hinzuziehung eines Rechtsanwaltes bestritt er eine Tatbeteiligung an den Tötungsdelikten auf der Geversdorfer Fähre und auf dem Wingster Judenfriedhof.

Weiter bestritt er, etwas mit Rauschgifthandel und dem Rauschgiftfund auf seiner Werft zu tun zu haben. Er räumte lediglich ein, daß er seinem nigerianischen Geschäftspartner auf dessen Bitte hin eine Beiladung zu der Holzkohlelieferung zugestanden habe. Nach Angaben seines Rechtsanwaltes wäre er aber davon ausgegangen, daß es sich um Schnitzereien oder Edelsteine handeln würde. Daß es sich dabei um Marihuana handeln könnte, sei ihm nicht in den Sinn gekommen. Sein Mandant, so der Rechtsanwalt gegenüber unserer Zeitung, fühle sich von seinem Geschäftspartner in Lagos maßlos betrogen und sei tief enttäuscht. Kripo und Staatsanwaltschaft ermitteln. Ausführlicher Bericht auf S. 3."

Amandus Abendroth faltete den Oste-Kurier zusammen, nahm seine Lederjacke vom Flurhaken, verließ das Hadler Fährhaus, wie er sein Zuhause immer noch nannte, und strebte dem nachtgrünen Benz-Diesel zu. Gestern nach Redaktionsschluß hatte er noch eine Weile mit dem dynamischen Buddha Hermann Karsten zusammengesessen.

Dabei hatte er ihm erläutert, warum er es für notwendig hielt, noch einmal für eine Recherche nach Hamburg zu fahren. Hatte ihm auch von seinem Besuch beim stellvertretenden Direktor des Instituts für Afrika-Kunde berichtet und insbesondere einen Hinweis von Professor Dr. Franz Altsprenger als möglicherweise interessant beurteilt.

Der Chefredakteur stellte zunächst wie immer klar, daß die Stärke des Oste-Kuriers im Lokalen liege und diese Zeitung kein überregionales Blatt wäre. Solche Nachrichten und Berichte bezögen sie von Presseagenturen, demnächst würde der Nordseemantel aus Bremerhaven dies im Rahmen eines Presseverbundes abdecken. Amandus Abendroth wußte, daß dann seine Berichte, gleichgültig ob verdächtig für den Pulitzer- oder Egon-Erwin-Kisch-Preis, erst ab Seite zwölf oder sechzehn des Lokalblattes gedruckt werden würden. Mit der feinen Nase des erfahrenen Journalisten befand Hermann Karsten dann die Dienstfahrt doch als Chance und wünschte Amandus Abendroth viel Erfolg.

33

Amandus Abendroth hatte die Elbbrücken hinter sich gelassen, hielt sich auf dem Heidenkampsweg in Richtung Berliner Tor und bog kurz davor rechts auf die B 5 nach Bergedorf ab, die hier am Anfang noch Eiffestraße hieß. Die erste rechts wurde vom Straßenschild als Normannenweg ausgewiesen und führte ihn in ein Hamburger Industriegebiet. Er fand einen Parkplatz vor seinem Ziel, einem fünfstöckigen Bürohaus. An den Klingelknöpfen las er ‚Evangelisches Missionswerk', ‚Honorarkonsulat Tansania', einige Firmennamen und diejenigen von wohltätigen Einrichtungen. Er drückte den Knopf neben dem Schild mit der Aufschrift „Weltweite Partnerschaft – WWP". Nach einigen Worten über die Gegensprechanlage drückte er die Eingangstür während des Summtones auf und fuhr mit dem Lastenaufzug in den fünften Stock.

Dort wurde Amandus Abendroth von der Geschäftsführerin der Weltweiten Partnerschaft empfangen, einer kräftigen, nein, dachte er, eher tatkräftigen Mittvierzigerin. Sie hatte schon am Telephon einen sympathischen und hilfsbereiten Eindruck gemacht, was sich hier bestätigte. Die Flurwände waren mit Postern und Farbphotos behangen, die den vollständigen Namen dieser Organisation für das Besucherauge sofort veranschaulichten: Weltweite Partnerschaft in Hamburg – Solidarität mit Afrika, Asien und Lateinamerika e. V. Zwischen zwei Bürotüren hing eine Wandzeitung mit der Balkenüberschrift: „Entwicklung durch Berufliche Bildung – Hilfe zur Selbsthilfe." Am Kopiergerät vervielfältigte eine junge Asiatin einen Stapel Papiere.

„Ich habe leider nicht viel Zeit für Sie", entschuldigte sich die Geschäftsführerin, „da wir in einer Stunde eine Vorstandssitzung haben und ich noch einiges vorbereiten muß. Wir haben ja schon das Wesentliche am Telephon besprochen. Einen Moment bitte."
Sie unterbrach sich und half der jungen Asiatin bei der Behebung eines Papierstaus, bevor diese darum gebeten hatte. Dann fuhr sie fort: „Sie haben ganz schön Glück, daß wir die Akten vom Ende der siebziger Jahre noch hier haben. Seitdem sind wir umgezogen, wobei einiges in den Müll kam. Langsam wissen wir nicht mehr, wohin mit den alten Unterlagen. Wir wollten sie demnächst entsorgen."
„Da habe ich wohl wirklich Glück gehabt", unterstrich Amandus Abendroth ihre Ausführungen. „Jedenfalls damit, daß sie überhaupt noch vorhanden sind."
Sie führte ihn in einen Raum mit einem kleinen Fenster, der mit grauen Metallregalen an den Wänden vollgestellt war, die sich bis zur Zimmerdecke hochzogen. Dicht an dicht waren sie mit teilweise angestaubten Aktenordnern gefüllt. Selbst in der Mitte des Raumes lagen Aktenberge auf dem Fußboden, andere auf einem hellen Kiefernschreibtisch, der auch schon bessere Zeiten gesehen hatte. Sie entschuldigte sich für die Unordnung; immer wenn man sich vorgenommen hatte, aufzuräumen, kam etwas Wichtigeres dazwischen. „Wäre mal eine Aufgabe für Praktikanten, das Ganze zu ordnen und zu katalogisieren", sagte sie. „Ich muß Sie jetzt damit allein lassen. Außerdem waren die siebziger Jahre vor meiner Zeit. Falls Sie irgendwelche Fragen haben, versuche ich mein Bestes. So, möchten Sie noch eine Tasse Kaffee?"

Amandus nahm dankend an und fragte, ob er auch mal eine rauchen dürfe. „Sicher, aber bitte dann in dem Raum am Ende des Flures, da ist auch ein Aschenbecher."

Als sie mit dem Kaffee zurückkehrte, lehnte sie sich einen Augenblick gegen den ramponierten Schreibtisch und sagte: „Wenn wir schon jemanden von der Presse bei uns haben, will ich doch mal in einer Minute unseren Verein vorstellen."

„In Ordnung", förderte Amandus Abendroth ihre Absicht, „Hintergrundinformationen sind immer nützlich."

„Also, die WWP, wie wir sagen, wurde 1962 von dem Bundestagsabgeordneten Peter Blachstein gegründet, der später auch deutscher Botschafter in Jugoslawien wurde. Der Verein sieht sich in der Arbeiterbewegung verankert. Deshalb sind Gewerkschaften Mitglieder des Vereins sowie entwicklungspolitisch engagierte Einzelpersonen. Das zentrale Tätigkeitsfeld der Weltweiten Partnerschaft ist die Förderung junger Menschen aus der sogenannten Dritten Welt, die in Hamburg eine handwerkliche, technische, soziale oder kaufmännische Berufsausbildung erhalten."

„Also keine Förderung von Hochschulausbildung?" fragte der interessierte Pressemann.

„Nein. Im Sinne des Gründers nur Berufsausbildung. Danach fördern wir aber bei guten Leistungen auch eine Weiterbildung bis zur Meisterprüfung. Darauf komme ich gleich. Denn das zweite Aktionsfeld der Weltweiten Partnerschaft ist die Durchführung eigener Projekte der Entwicklungszusammenarbeit. Dabei fördern wir schwerpunktmäßig Projekte, die von unseren ehemaligen Stipendiatinnen und Stipendiaten entwickelt wurden. So zum Beispiel den Aufbau einer Rundfunk- und Fernsehwerkstatt in Sri Lanka, eine Kfz-Werkstatt in Kamerun oder ein Hotelprojekt von Frauen in Tansania. Unser ehemaliger Stipendiat", erläuterte sie mit sichtlichem Stolz, „aus Kamerun, der hier zum Kfz-Meister ausgebildet wurde, bildet dort inzwischen selbst zwölf Lehrlinge in seinem Kfz-Betrieb aus."

„Das finde ich gut", gab Amandus Abendroth spontan von sich. „Vielleicht mache ich darüber mal eine Geschichte."

„Das wäre schön", freute sie sich und fügte, ganz verantwortliche Geschäftsführerin, hinzu, „noch schöner wäre es, wenn sie zusätzlich unsere Kontonummer abdrucken würden. Wir brauchen Spenden. Der Senat, von dem wir Geld erhalten und für den wir auch tätig sind, muß sparen. Ich könnte ihnen noch viel mehr erzählen, aber ich muß los. Der Vorstand."

Nun begann Amandus Abendroth die verstaubten Aktenberge durchzuwühlen und suchte nach den Jahren 1977 und 1978. Auch davon gab es eine ganze Menge. Er mußte sie einzeln durchsehen. Ganz genau wußte er selber nicht, was er suchte, aber sein alter Studienfreund Franz Altsprenger hatte von einer Handvoll junger Flüchtlinge aus Djibouti erzählt, die zu einer Berufsausbildung nach Hamburg gekommen und von der Weltweiten Partnerschaft betreut worden waren. Darüber mußte es doch Unterlagen oder Korrespondenzen geben.

Er nahm einen weiteren dicken Leitz-Ordner aus dem Metallregal, aus dessen vorderen schwarzen Kanten bräunliche Pappe hervorquoll. Auf dem Rücken waren die Jahreszahlen 1977 und 1978 wegen der verblichenen Tinte kaum noch zu lesen. Die weitere Aufschrift „Stipendiaten" konnte erahnt werden. Die Deckel des Aktenordners standen nicht parallel, sondern schräg nach außen. Der Aktenordner war vor etwa zwei Jahrzehnten von einem sparsamen Menschen mit Papieren überfrachtet worden. Beim Durchblättern ging es ja noch an, beim eventuellen Öffnen könnte es technisch interessant werden, dachte Amandus skeptisch.

Er blätterte die Papiere durch, die ohne Öffnen des Ordners nur auf der rechten Hälfte der Seite zu lesen waren. Dann blätterte er zurück und wäre auch ohne die Tasse Kaffee der Geschäftsführerin hellwach gewesen. Er hatte das Wort Djibouti entdeckt und schaute genauer hin.

Das erste Schreiben stammte von einem Referenten der Senatskanzlei, in welcher dieser dem damaligen Geschäftsführer der Weltweiten Partnerschaft mitteilte, daß an den Ersten Bürgermeister ein Anliegen seitens des UNO-Hochkommissariates für Flüchtlinge herangetragen worden sei. Zur Vereinfachung füge er dies Schreiben in Kopie bei und bitte die Weltweite Partnerschaft um Prüfung, ob in dieser Angelegenheit geholfen werden könne und was von der WWP gegebenenfalls vorgeschlagen werde.

In der beigefügten Kopie wurde die Lage der jungen Flüchtlinge in Djibouti geschildert und um Hilfe in Ausbildungsfragen gebeten. Das Schreiben war auf Briefpapier mit dem UNO-Logo der Vertretung des UNO-Hochkommissariates für Flüchtlinge in Djibouti verfaßt. Der Unterzeichner dieses Schreibens in deutscher Sprache war Marco Hoffmann.

Nun schien etwas zu fehlen, oder der Geschäftsführer der Weltweiten Partnerschaft und der Referent des Ersten Bürgermeisters hatten sich telephonisch abgestimmt, dachte Amandus Abendroth. Es folgte nämlich ein Schreiben des Geschäftsführers der Weltweiten Partnerschaft an das UNO-Hochkommissariat für Flüchtlinge in Genf. Darin teilte er Marco Hoffmann mit, daß erfreulicherweise fünf Berufsausbildungsplätze und Stipendien für junge Flüchtlinge aus Djibouti in Hamburg zur Verfügung gestellt werden könnten. Die Weltweite Partnerschaft bitte um geeignete Kandidatenvorschläge mit Informationen zum Bildungshintergrund der Flüchtlinge. Ein Informationsblatt sei beigefügt.

Dann folgte wieder ein Schreiben von Marco Hoffmann aus Djibouti. Er bedankte sich ganz herzlich für dieses großzügige Angebot. Sofort nach Erhalt hätte er eine Liste mit fünf geeigneten Kandidaten erstellt, die den Kriterien der WWP vollauf entsprächen. Sie wäre im Anhang beigefügt.

Amandus Abendroth blätterte weiter, fand zunächst aber nur ein kurzes Anschreiben in englischer Sprache von der Genfer Zentrale des UNO-Hochkommissariates für Flüchtlinge, das darauf hinwies, daß in der Anlage das Schreiben von Marco Hoffmann mit den Kandidaten für die Ausbildungsplätze beigefügt sei. Unterzeichner war ein Emilio Ramirez. Dann folgte die von Marco Hoffmann erwähnte Kandidatenliste, die er noch einmal unterzeichnet hatte. Nummer eins auf dieser Liste war Elizabeth Almaz Bekele. Bei dem Nachnamen klingelte etwas bei Amandus. Es gab eine Verbindung zu dem toten Studenten auf der Fähre. Seine Spannung wuchs.

Er fand ein Schreiben des Geschäftsführers der WWP an das UNO-Hochkommissariat in Genf, zu Händen Herrn Marco Hoffmann, in dem er mitteilte, daß die vorgeschlagenen fünf Kandidaten alle als qualifiziert angesehen würden. Es werde um Mitteilung der Reisetermine gebeten. Alle neuen Stipendiaten würden am Hamburger Flughafen Fuhlsbüttel abgeholt und von dort zu bereitstehenden Unterkünften begleitet werden.

Das nächste Schreiben datierte vier Wochen später und war nun auf Genfer UNO-Briefpapier getippt. Es war adressiert an den Geschäftsführer der WWP in Hamburg und lautete:

„Sehr geehrter Herr Reichheide,

leider muß ich Ihnen mitteilen, daß die Nummer 1 auf der Kandidatenliste, Frau Elizabeth Almaz Bekele, nicht mehr für die Ausbildung in Hamburg zur Verfügung steht. Sie muß von der Liste gestrichen werden. Dafür schlagen wir einen anderen Kandidaten vor. Die Unterlagen sind in der Anlage beigefügt.

Mit freundlichen Grüßen
Marco Hoffmann"

Amandus Abendroth überlegte, was dies alles zu bedeuten hatte. Bis auf den letzten Brief von Marco Hoffmann schien ihm alles klar und verständlich zu sein. Darin stand leider nicht, warum Elizabeth Alamaz Bekele nicht mehr zur Verfügung stand. Vielleicht war es nicht wichtig. Vielleicht heißt aber auch, ergänzte er seinen Gedanken, es nicht zu wissen. Er hatte den Drang, eine Zigarette zu rauchen, und ging zu dem Raum am Ende des Flures. Danach fragte er die junge

Asiatin, die immer noch am Kopiergerät beschäftigt war, ob sie ihm bei einer Aktenöffnung behilflich sein könne. Sie tat es gerne und machte es sehr geschickt. Dann kopierte Amandus Abendroth die Korrespondenz. Mit der richtigen hell-dunkel Einstellung des Kopierers war sie sogar gut lesbar.

Dann suchte er die Geschäftsführerin, um sich zu verabschieden. Er klopfte an einer Bürotür, die ihm die junge Asiatin gewiesen hatte. Nach einem „Herein" öffnete er die Tür zu einem kleinen Sitzungsraum und trat ein. Die Vorstandssitzung sollte offensichtlich gerade beginnen. Er sah sich etlichen Hamburger Promis gegenüber, die er während seiner Tätigkeit am Institut für Politikwissenschaft, dem sogenannten Pferdestall, häufig genug in der Presse abgelichtet gesehen hatte. Auf dem Längstisch lagen vor jedem Platz Papiere. Einige griffen nach den Tellern mit Butterkuchen und Schokoladenplätzchen, die Geschäftsführerin schenkte Kaffee und Tee ein, Wasser und Orangensaft standen bereit.

Der Vorsitzende am Kopfende war ein ehemaliger Senator, Bankpräsident und Wirtschaftsprofessor, der entschieden gegen die Euroeinführung eintrat. Amandus erkannte eine rothaarige Europaabgeordnete, die sich sehr für die Einführung des Euro und zudem für Frauen in der Dritten Welt engagierte, einen Fraktionsvorsitzenden aus der Bürgerschaft, noch einen Senator, den er von früher aus der Studentenkneipe Hirschquelle, besser bekannt als Teddy, kannte. Witzigerweise war dieser Senator der frühere Referent des damaligen Ersten Bürgermeisters gewesen, dessen Schreiben er gerade in der alten Akte gefunden hatte. Weiter sah er in der Runde den ehemaligen Hamburger

DGB-Vorsitzenden und Vizepräsidenten der Bürgerschaft, einer war mal SPD-Landesgeschäftsführer und Hamburg-Vertreter in der Partnerstadt Shanghai gewesen, den Leiter des DGB-Berufsbildungswerkes, einen weiteren glaubte er als ehemaligen Pressechef des Norddeutschen Rundfunks zu identifizieren und letztlich sah er noch einen Mann mit etwas längeren Haaren und einem Bart, den er nicht einordnen konnte.

Der Vorsitzende, der über seine Recherche von der Geschäftsführerin informiert schien, sagte: „Wir unterstützen die Presse gerne. Aber wir gehen, nach dem, was ich gehört habe, von ihrer Zusicherung aus, nichts Negatives über die Weltweite Partnerschaft zu berichten."

„Davon können Sie ganz sicher ausgehen", bestätigte Amandus Abendroth. „Ganz im Gegenteil. Ich habe von ihrer Geschäftsführerin so interessante Informationen erhalten, daß ich gerne mal über Ihre engagierte Arbeit berichten werde. Ich melde mich dann."

„Einen Moment noch", hielt ihn der Vorsitzende zurück. „Wir gehen ebenfalls davon aus, daß Sie den Datenschutz und insbesondere die Persönlichkeitsrechte unserer Stipendiaten beachten. Auch wenn Ihre Recherche in die siebziger Jahre reicht, wie mir unsere Geschäftsführerin berichtete." Das gleiche unterstrich auch die rothaarige Europaabgeordnete als Juristin noch einmal nachdrücklich.

„Aber selbstverständlich", beeilte sich Amandus Abendroth, diese Bedingung zu bestätigen. Dabei dachte er, daß im Falle eines Falles Dr. Marco Hoffmann kein Stipendiat wäre und Elizabeth Almaz Bekele keine Stipendiatin geworden war. Er konnte also ohne große Flunkerei ein relativ gutes Gewissen bei seiner Antwort haben. Weiter teilte er dem Vorsitzenden mit, daß er noch gar wisse, ob seine Recherche überhaupt zu einer Veröffentlichung führen würde.

Dann wandte er sich mit einer spontanen Frage an die Runde: „Ich habe mal eine vollkommen theoretische und hypothetische Frage an Sie. Was würden Sie von einem Politiker halten, der eine afrikanische Flüchtlingsfrau absichtlich um ihre Zukunftschancen bringt?"

Das war ein Fall für die rothaarige Europaabgeordnete: „Es kommt natürlich darauf an, von welcher Partei er wäre. In meiner Partei, der SPD, wäre es der Bruch eines Tabus. Wenn es nachweislich stimmen würde, wäre er weg vom Fenster. Er wäre politisch gestorben." Die Runde nickte und wollte nun den Grund der Frage wissen.

„Diese Frage", antwortete Amandus halbwegs den Tatsachen entsprechend, „kann ich Ihnen leider nicht beantworten, weil ich es selber nicht weiß. Es kam einfach aus dem Bauch heraus." Die Antwort mußte so hingenommen werden, obwohl alle ihre einschlägigen Erfahrungen mit Journalisten hatten.

Amandus Abendroth bedankte und verabschiedete sich. Dann fuhr er mit seiner Rechercheausbeute zur Entspannung über Finkenwerder und das Alte Land an der Elbe entlang Richtung Nordsee. Trotz der geruhsameren Route bewegten ihn die Inhalte seiner Funde. Er hatte das untrügliche Gefühl, daß mit dem Briefwechsel und Marco Hoffmann irgend etwas ganz und gar nicht in Ordnung war. Besser gesagt, mit der Geschichte, die dahinter stand. Aber was war es genau?

34

Amandus Abendroth hatte etwas später gefrühstückt und fuhr gegen halb zehn über die B 73 in Richtung Cuxhaven. Die Veranstaltung sollte am heutigen Sonnabend um zehn Uhr beginnen. Er empfand es als Auszeichnung, daß er Hermann Karsten bei diesem Termin vertreten durfte, der mit dem MFG 3 Kommodore an einem NATO-Empfang teilnahm.

Als er kurz vor Cuxhaven links den Wegweiser nach Lüdingworth erblickte, dachte er kurz daran, daß in seiner Recherche ein hiesiger Bauernsohn hätte eine Rolle spielen können, wenn sie vor gut zweihundert Jahren stattgefunden hätte. Der 1733 in Lüdingworth geborene Carsten Niebuhr wurde einer der berühmtesten Astronomen, Mathematiker und Kartographen seiner Zeit. Amandus kannte Abbildungen von ihm in arabischer Tracht mit Turban. Denn mit der Erforschung der arabischen Halbinsel, vor allem des Jemen, gegenüber von Djibouti am Roten Meer gelegen, erwarb er sich als Teilnehmer einer Expedition der dänischen Krone unsterblichen Ruhm. 1761 brach Niebuhr auf, um den Orient zu erforschen. 1767 kehrte er als einzig Überlebender nach Europa zurück.

Am Cuxhavener Autobahnkreisel bog Amandus in das Industrie- und Hafengebiet ab. Nach einigen Minuten sah er vor sich das gewaltige rote Backsteinensemble mit dem aufragenden Turm, der im oberen Drittel anzeigte, was die Stunde geschlagen hatte. Er wußte von einer Reportage, daß die historischen HAPAG-Hallen in den Jahren 1900 bis 1902 gebaut worden waren. In Betrieb genommen wurde die damals modernste Passagieranlage mit der Abfertigung des Dampfers Graf Waldersee am 1. Juni 1902. Bereits 1889 hatte die HAPAG, die Hamburg-Amerika-Linie, ihren Schnelldampferverkehr von Hamburg hierher verlegt. Für eine ständig wachsende Zahl von Passagieren wurde das Steubenhöft zum Kai der Sehnsucht und zu einem Ort des Aufbruchs in eine ungewisse Zukunft. Seinerzeit verabschiedeten sich hier, am „Bahnhof der Tränen", abertausende von Auswanderern von ihrer Heimat. Allein im Jahre 1900 machten sich mehr als 65.000 Menschen auf den Weg nach Amerika. Aber auch heutzutage, dachte Amandus Abendroth, erzählt hier noch jeder Quadratmeter und jeder Backstein von Abschied, Wehmut und Fernweh.

Vor einigen Jahren war der Komplex zu neuem Leben erwacht, seitdem die Englandfähre MS Admiral of Scandinavia und die großen Kreuzfahrtschiffe wie die Maxim Gorki und die Berlin hiert abgefertigt wurden. Die Deutschland hatte gerade am Kai festgemacht. Die HAPAG-Hallen waren inzwischen renoviert worden, wobei sich der Förderverein stark engagiert hatte und jetzt Ausstellungen und Führungen anbot. Dieser Verein war bei der Recherche zu seiner Reportage sehr hilfreich gewesen. Er hatte ihn in seinem Artikel gewürdigt. In dem Tränenpalast der Jahrhundertwende gab es heute zwei Restaurants, und man konnte den Kuppel- oder Hanseatensaal für Veranstaltungen, für Events aller Art, Konzerte, Bälle, aber auch für Parteitage mieten.

Amandus Abendroth folgte den Nachzüglern vom Parkplatz zum Hanseatensaal, nickte dem Verleger des Wilhelm-Heidsiek-Verlages hinter seinem Büchertisch zu, der Werke zur Geschichte der Arbeiterbewegung herausbrachte. Vor der Schwingtür gab es einen Stau, denn dort wurden die Parteibücher kontrolliert, Delegiertenausweise und Stimmzettel ausgegeben. Ein Genosse hielt seine Unterlagen in der Schlange an der Schwingtür solchermaßen in die Höhe, daß der freie Reporter den Stimmzettel für das Bundestagsmandat sehen konnte. Es war nur der Name Dr. Marco Hoffmann aufgedruckt. Darunter blieben zwei freie Linien. Links hinter der Schwingtür zog sich eine lange, blankgeputzte Theke hin, an welcher Genossinnen und Genossen noch rauchten und schwatzten. Andere versorgten sich mit Kaffee, Mineralwasser und belegten Brötchen. Einige genehmigten sich schon mal ein gezapftes Bier.

Im historischen hohen Saal waren nach Schätzung des Pressemannes etwa einhundertfünfzig Personen versammelt. Die meisten davon waren Delegierte, die ortsvereinsweise an den Längstischen platz genommen hatten. Der Rest waren Gäste, die weiter hinten saßen. Einige flanierten durch die Reihen. Kellnerinnen nahmen Bestellungen auf.

So entdeckte Amandus die blonde Ratsfrau, die das Cuxhavener Kulturleben bereicherte, zwei bekannte Gewerkschaftsgrößen vom DGB und der ÖTV, den Oberbürgermeister, der mit diesem Amt die Tradition seines Schwiegervaters fortsetzte, zwei weibliche Landtagsabgeordnete aus Hadeln und der Wesermarsch, die letztere Vizepräsidentin des Landesparlaments, einen männlichen Mandatsträger, der ihn an einen gemütlichen Teddybären erinnerte, aber nicht nur gemütlich sein konnte, sondern auch durchsetzungsfähig, da er sonst nicht innerparteilich die Landtags-Kandidatur gegen den DGB-Chef errungen hätte, welcher ihm als sozial und international engagiert bekannt war, sowie den Bürgermeister, einen Hotelier. Ein CDU-Mann hatte Amandus Abendroth vor einiger Zeit beim Bier erzählt, daß dieser ein guter Mann sei, nur leider in der falschen Partei. Er hatte sogar selbst Hilfstransporte ins ehemalige Jugoslawien durchgeführt, worüber der Oste-Kurier seinerzeit berichtete. Dr. Marco Hoffmann ging durch die Reihen und schüttelte Hände.

Amandus Abendroth nahm am Pressetisch an der Wand gegenüber den großen Rundbogenfenstern mit Blick auf die Kaianlagen platz. Drei weitere Kolleginnen und Kollegen waren schon da. Mit dem zur Linken unterhielt er sich über dessen letztes „Strandgut", wie er seinen regelmäßigen Wochenendkommentar im Cuxhavener Nachbarblatt übertitelte. Mit dem zur Rechten sprach er über Musik, da er wußte, daß dieser genauso gerne Bar-Pianist wie Journalist geworden wäre. Der Kollegin aus Bremerhaven, die er auch schon im Café Neuhaus getroffen hatte, nickte er zu.

Schräg vor ihm war ein langer Vorstandstisch vor der Bühne aufgebaut, erhöht dahinter ein Rednerpult mit SPD-Emblem, daneben ein Tisch mit drei Stühlen. Er wußte, daß dort gleich das gewählte Parteitagspräsidium Platz nehmen würde, nach regionalem Proporz aus dem Lande Hadeln, dem wesermarscher Südkreis und der Kreisstadt Cuxhaven.

In diesem Moment trat eine auffallend hübsche Schwarze im hellblauen Jeansanzug durch die Schwingtür, begleitet von einer freundlichen Frau mittleren Alters. Eine Dame vom Empfangstisch begleitete beide zu den Gästeplätzen. Fast alle Männer verrenkten sich den Hals nach der dunklen Schönheit, aber auch die Genossinnen schauten interessiert. Amandus sah, wie Gerda Meyer-Holzmann etwas verstohlen nach hinten winkte. Sich dazuzugesellen, hielt sie scheinbar nicht für richtig. Dr. Hoffmann sah ebenfalls zu den Gästetischen und stutzte. Amandus erkannte die junge Frau des Geversdorfer Werftbesitzers.

Der Parteitag wurde von der Vorsitzenden, einer blonden Frau aus dem Südkreis mit großen, roten Ohrringen, eröffnet. Sie machte einen freundlichen, fast mütterlichen Eindruck, konnte aber auch eine kämpferische Rolle einnehmen, wie Amandus wußte. Ihr etwas schmächtigerer Mann drückte derweil seine Zigarette am Tresen aus und lauschte den Ausführungen seiner Gattin. Sie wies auf die erfolgreiche Landtagswahl mit erfreulichen Zugewinnen für die SPD und den Ministerpräsidenten hin. „Es war", so fuhr sie fort, „gleichzeitig eine Abstimmung für die Kanzlerkandidatur. Alle Genossinnen und Genossen sind nun aufgerufen, Gerd und die SPD bei der Bundestagswahl genau so engagiert und tatkräftig zu unterstützen. Mit Gerd und Oskar werden wir Helmut Kohl in die wohlverdiente Rente schicken." Es gab starken Beifall.

Das Präsidium des Unterbezirksparteitages hatte auf der Bühne Platz genommen. Nach einigen Regularien wie der Wahl der Mandatsprüfungs- und Zählkommission ergriff das Präsidiumsmitglied aus dem Lande Hadeln das Mikrophon. Es war die Genossin Renate Oltmann, Schriftführerin des SPD-Ortsvereins Am Dobrock.

„Liebe Genossinnen und Genossen, ihr habt die soeben beschlossene Tagesordnung vorliegen. Wie auch", sie wandte sich in die Richtung von Amandus Abendroth und seinen Kollegen, „die Presse, die ich hiermit herzlich begrüße. Wir hören nun das Grußwort zum heutigen Internationalen Tag des Flüchtlings, das kein Vertreter einer Organisation, sondern eine junge afrikanische Flüchtlingsfrau spricht. Sie wird uns kurz von ihrem Schicksal berichten – stellvertretend für fünfzig Millionen andere Flüchtlingsschicksale auf der heutigen Welt. Ihr Name ist", sie sah auf einen Zettel, der ihr gereicht wurde, „Selam Bekele. Bitte. Falls es notwendig sein sollte, wird eine Kollegin von Refugio dolmetschen."

Marco Hoffmann horchte am Tisch seines Ortsvereines auf. Er beobachtete, wie die hübsche Afrikanerin mit eleganten und geschmeidigen Bewegungen zum Rednerpult schritt. In seinem Inneren wühlte sich etwas auf. Gleichzeitig beschlich ihn das Gefühl einer linken Tour, die hier ablief. Er wußte aber nicht, was er dagegen tun könnte. Er starrte auf die Afrikanerin wie das Kaninchen auf die Schlange.

Die Genossin Renate stand auf und rückte der jungen Schwarzen das Mikrophon zurecht. Die Afrikanerin legte etwas verschämt ein Papier auf das Rednerpult. Amandus Abendroth und seine Kollegen standen – wie auf einen geheimen Befehl hin – auf und näherten sich mit ihren Kameras der Bühne. Die ganze Meute, wie Amandus Abendroth selbst die Truppe schmunzelnd empfand, hatte das exotische Motiv im Visier.

„Meine sehr verehrten Damen und Herren", ließen die Saallautsprecher ihre zunächst schüchterne, aber vollklingende, sonore Stimme vernehmen, „ich bitte um Pardon, daß ich meine Worte ablese."

Alle nickten verständnisvoll. Dann schilderte sie in knapper Form die Situation in ihrem Heimatland Äthiopien Mitte der siebziger Jahre.

„Darum", fuhr sie sicherer und selbstbewußter fort, „floh meine Mutter mit mir, ihrer dreijährigen Tochter, nach Djibouti, das ebenfalls am Horn von Afrika liegt", lächelte sie entwaffnend in die aufmerksamen Gesichter vor ihr.

„Ich wuchs im Flüchtlingslager Ali Sabieh bei Verwandten auf. Meine Mutter ging in die Hauptstadt, weil sie etwas lernen wollte. Das war nur dort möglich. Sie wollte etwas lernen, für sich und damit sie besser für ihre Familie sorgen könnte."

Zustimmendes Kopfnicken bei den Genossinnen und Genossen. Dr. Marco Hoffmann zerknüllte ein Parteipapier in seiner rechten Hand, bis die Knöchel weiß zu Tage traten.

„Meine Mutter verliebte sich in der Hauptstadt in einen Europäer. Sie planten eine gemeinsame Zukunft, und er versprach ihr, sie zur Ausbildung nach Hamburg zu bringen."

Die Aufmerksamkeit der Delegierten wuchs. Selbst die Gespräche an der blankpolierten Auswanderertheke verstummten.

„Nach seiner Abreise hörte sie nie wieder etwas von ihm. Nur der UNO-Vertreter in Djibouti teilte ihr mit, daß dieser Mann einen Brief an ihn geschrieben hatte. Darin teilte er mit, daß die Ausbildungsorganisation in Hamburg meine Mutter von der Liste gestrichen hat. Meine Mutter war bitter enttäuscht und niedergeschlagen. Es war ihre Zukunftshoffnung gewesen. Auch der UNO-Vertreter in Djibouti konnte sich die Streichung nicht erklären, konnte aber nichts dagegen tun."

„Bingo", dachte Amandus Abendroth. Da war es, das missing link zu seiner Hamburger Recherche.

„Fünf andere Flüchtlinge flogen zur Ausbildung nach Hamburg." Sie machte eine Pause.

„Nach langem Warten und großem Leid kam meine Mutter zu uns ins Lager Ali Sabieh. Dort wurde auch mein Halbbruder geboren. Um uns besser versorgen zu können, ging meine Mutter in die Hauptstadt Djibouti-Ville zurück. Sie verdiente ihr Geld dort", sie machte eine längere Pause, „als Prostituierte. Eine andere Möglichkeit gab es nicht. Vor acht Jahren ist sie gestorben. An AIDS."

Man hätte nicht nur jede Stecknadel fallen hören können, auch jedes Staubkörnchen. Die Genossin Renate reichte ihr ein Glas Wasser. Hoffmann wand sich auf seinem Stuhl und hoffte, daß er bald aus diesem Alptraum aufwachen würde und die Genossinnen und Genossen ihm dann mit einem Blumenstrauß zur überzeugenden Wiederwahl als Bundestagskandidat gratulieren würden.

„Mein Bruder war sehr begabt. Um ihm die Schule und ein Studium zu ermöglichen, trat ich in", es fiel ihr sichtlich schwer weiterzusprechen, „in die Fußstapfen meiner Mutter. Er bekam zwar ein UNO-Stipendium in Ägypten, aber es reichte nicht. Auch ich verliebte mich in einen Europäer. Ich wurde später ebenfalls bitter enttäuscht. Darum möchte ich seinen Namen nicht mehr tragen." Sie nahm einen Schluck Wasser.

„Mein Bruder hieß Gebre Hailemariam Bekele. Er ist der Tote von der Geversdorfer Fähre. Und", sie hob ihren Arm, streckte ihn über das Rednerpult und markierte mit dem ausgestreckten Zeigefinger ihrer hellbraunen Hand einen Punkt in der Saalmitte, „sein Vater ist Dr. Marco Hoffmann." Ihre Augen blitzten und schleuderten Feuer. Amandus Abendroth drückte auf den Auslöser seiner Kamera. Diese Frau, diese Geste mußte und wollte er dokumentieren.

Den Gebrandmarkten begleitete der äthiopische Diamant um den halben Globus. Er war sein Schicksalsstein.

Stille. Nur die Kameras blitzten. Ein wenig zu spät, wie Amandus registrierte. Und dann wurden am Pressetisch heftigst Notizen in die Blöcke geschrieben. „Hammer", murmelte der schreibende Bar-Pianist neben Amandus. Dieser wiederum dachte: Mist, nun bekommen die Konkurrenzblätter die Story gratis frei Haus geliefert. Aber, rotierten seine grauen Journalistenzellen weiter, ich habe noch einige Pfeile mehr im Köcher.

Hoffmann war unter seinen Genossen zunächst zusammengesunken. Jetzt richtete er sich herausfordernd auf und brüllte in den Saal: „Das ist ein abgekartetes Spiel." Es wurde laut im Saal, Stimmengewirr, Rufe.

Selam verließ die Bühne. Tränen liefen ihr über die Wangen. Die freundliche Frau von Refugio nahm sie in den Arm. Die Genossin Renate am Präsidiumstisch schwenkte eine Glocke und bat um Ruhe.

„Liebe Genossinnen und Genossen", überschlug sich ihre Stimme vom Präsidiumstisch, „das müssen wir wohl alle erst mal verdauen. Aber wenn das stimmt, was wir eben gehört haben, kann der Genosse Dr. Marco Hoffmann nicht mein Kandidat sein. Ich schlage auf alle Fälle zusätzlich die Genossin Gerda Meyer-Holzmann vor."

Nun protestierte derjenige Genosse lautstark, der Gerda Meyer-Holzmann auf der Ortsvereinsversammlung Am Dobrock hart attackiert hatte. „Alles nur Behauptungen. Nichts ist bewiesen. Ein mieses Schmierentheater."

Als nächste eilte die ausgleichende Vorsitzende des Unterbezirks mit den roten Ohrringen ans Rednerpult und bat um eine kurze Unterbrechung des Parteitages. Nach fünfzehn Minuten trat sie wieder ans Mikrophon.

„Liebe Genossinnen und Genossen, ich schlage vor, die Wahl für das Bundestagsmandat zu verschieben. Im Augenblick können wir die Vorgänge nicht abgeklärt und fair beurteilen. Wenn wir den Parteitag mit kürzestmöglicher Ladungsfrist wiederholen, bleiben wir im gesetzlichen Rahmen. Auch für unsere Parteitermine. Wer für diesen Vorschlag ist, den bitte ich um das Kartenzeichen. Ach", unterbrach sie sich, „eigentlich müßte ja das Präsidium den Vorschlag abstimmen lassen."

So geschah es, und der Vorschlag wurde mehrheitlich beschlossen.

35

Am späten Montag nachmittag betrat Marco Hoffmann die Duhner Ferienwohnung seiner Geliebten. Unter dem Arm trug er die gesammelte Tagespresse der Region. Teresa Holtland hatte die Zeitungen ebenfalls auf dem Tisch ihres Wohnzimmers ausgebreitet. Alle Blätter hatten die Geschehnisse des Parteitags als Aufmacher gebracht, gefolgt von Berichten im Innenteil und garniert mit Photos, auf die der Bundestagsabgeordnete heute liebend gern verzichtet hätte. Die Überschriften und Zwischenüberschriften in der Cuxhavener Zeitung und im Bremerhavener Nordseeblatt ähnelten sich. Das Elbe-Weser Wochenblatt würde am Mittwoch nachziehen.

„Politischer Skandal auf SPD-Parteitag", „Schwere Beschuldigungen einer äthiopischen Flüchtlingsfrau", „Bleibt Dr. Marco Hoffmann SPD-Kandidat?" „Kandidiert Gerda Meyer-Holzmann?" Dann wurde berichtet und in Kommentaren munter drauf los spekuliert, ob es sich um eine üble Intrige gegen den Politiker handle oder ob sein aufgebautes Image pure Heuchelei und Schönfärberei wäre? Ob er im fernen Afrika tatsächlich eine schändliche Tat begangen hätte, deren Fluch ihn an der Niederelbe nun einholte? Die Kommentatoren wollten sich nicht festlegen, denn bisher standen nur Behauptungen im Raum, Belege fehlten.

Der Oste-Kurier fiel aus diesem zwar spektakulären, aber doch relativ einheitlichen regionalen Presserahmen heraus. Der Aufmacher auf der Titelseite lautete „Dr. Marco Hoffmann vor dem Karriere-Ende?" Über dem ausführlichen Bericht auf Seite drei und vier prangte der Fettdruck: „Dr. Marco Hoffmanns Liste."

In einem Extrakasten war das Schreiben Hoffmanns an die Weltweite Partnerschaft in Hamburg im Faksimile abgedruckt, welches er vor über zwanzig Jahren in Djibouti abgeschickt hatte. Die beigefügte Liste mit den Ausbildungskandidaten war ebenfalls abgedruckt. Der Name der Nummer eins auf der Liste war gut lesbar: Elizabeth Almaz Bekele. Die folgenden vier Namen waren geschwärzt. Daneben stand als ein weiteres Faksimile das Schreiben Hoffmanns, welches er vier Wochen später von Genf aus versandt hatte. Der Name Elizabeth Almaz Bekele war hervorgehoben, ebenfalls der Satz „Sie muß von der Liste gestrichen werden".

Weitere Hintergrundinformationen wurden mit den Aussagen von Selam Bekele auf dem SPD-Parteitag zu schlüssigen und einleuchtenden Folgerungen zusammengeführt. In den Bericht eingerückt war ein weiterer kleiner Kasten mit der Überschrift „Kommentar". In diesem stand ein einziger Satz: „Aufgrund der Recherchen unseres Mitarbeiters Amandus Abendroth und seines nebenstehenden Berichtes, halten wir jeden weiteren Kommentar für überflüssig. Hermann Karsten – Redaktionsleiter."

„Die Lage sieht ungünstig aus", bemerkte Teresa Holtland und lehnte sich auf ihrer schwarzen Ledercouch zurück.

„Das lasse ich mir von diesen Schmierfinken vom Oste-Kurier nicht gefallen", plusterte sich Hoffmann zu voller Kampfgröße auf.

„Das scheint aber ein journalistischer Blattschuß zu sein", brachte ihn die Geliebte trocken auf sein Normalmaß zurück. „Was gedenkst du zu tun?"

„Ich werde das alles erklären, widerlegen und meine Kandidatur aufrechterhalten." Teresa sah ihn nur mitleidig an und bemerkte spöttisch: „Ein äußerst raffinierter Plan."

Hoffmanns Handy ließ die Melodie von Yesterday erklingen. Am anderen Ende war die Unterbezirksvorsitzende der SPD. Ob sie wieder die roten Ohrringe trägt oder heute die türkisfarbenen Klunker angesteckt hat? ging es ihm völlig unpassend durch den Kopf.

„Hallo Marco, ich muß mit dir sprechen."

„Hallo, mit dir immer gerne", baute er sich leutselig selber auf, um seine Anspannung zu überspielen.

„Ich will nicht lange um den heißen Brei herumreden. Ich habe gestern und heute mit den Vorstandsmitgliedern beraten. Die große Mehrheit ist mit mir der Meinung, daß du deine Kandidatur zurückziehen solltest. In deinem Interesse. Und im Interesse der Partei."

„Halt, meine Liebe", widersprach er, „so schnell schießen die Preußen nicht. Ich habe mich gerade entschlossen, meine Kandidatur aufrechtzuerhalten. Ich kann das alles erklären und widerlegen. Ich bin gestern bei der Polizei gewesen. Sie scheinen mir zu glauben, daß ich mit dem Mord auf der Fähre nichts zu tun habe."

„Mein lieber Marco, das glaubst du doch selber nicht, daß du aus den polizeilichen Ermittlungen raus bist. Außerdem habe ich mit einem Genossen von der Staatsanwaltschaft in Stade telephoniert. Da wird noch so einiges auf dich zukommen."

„Ich kann das alles erklären und bereinigen."

„Es geht nicht nur um den Mord auf der Fähre, selbst wenn du damit nichts zu tun haben solltest – was noch nicht erwiesen ist. Der Artikel im Oste-Kurier war schon ein ganz schöner Hammer. Denk an die Partei. Das gibt Dauerfeuer im Wahlkampf. Die CDU wird dich mit Schadenfreude grillen. Von den Grünen gerade bei dieser Sache gar nicht zu reden. Die werden bestimmt einen eigenen Direktkandidaten im Wahlkreis gegen dich aufstellen. Also gegen uns."

„Und was ich jahrelang für die Partei getan habe, zählt wohl gar nichts mehr? Ich kann alles erklären", beharrte er, „und andere haben schon ganz andere Jugendsünden überstanden."

„Solche nicht. Nicht in der SPD. Die Presse und deine politischen Gegner werden dich zerpflücken. Außerdem habe ich heute mittag einen Anruf aus Hannover erhalten, wo unsere Lokalpresse auch gelesen wird. Dort wird deine weitere Kandidatur ebenfalls als nicht hilfreich angesehen."

Hoffmann wußte, daß dies der endgültige Niederschlag war. Er machte eine lange Pause. Dabei arbeitete sein Gehirn fieberhaft, denn in der Politik mußten Situationen ausgenutzt werden.

„O.k.", antwortete er langsam, „falls ich meine Kandidatur zurückziehe, falls", betonte er, „könntest du dann mal in Hannover nachfragen, ob was anderes Geeignetes für mich drin wäre? Zum Beispiel Repräsentant der Friedrich-Ebert-Stiftung in Bangkok oder in Lateinamerika? Dann bin ich aus der Schußlinie."

„Das muß ich mir erst mal durch den Kopf gehen lassen. Du weißt selber, daß die Friedrich-Ebert-Posten nicht von Hannover aus besetzt werden. Es ist überhaupt die Frage, ob man dazu bereit wäre, etwas zu unternehmen. Kann ich mir schwer vorstellen. Nach der Vorgeschichte als Auslandsvertreter der Stiftung? Du bist in keiner Verhandlungsposition mehr. Das muß dir klar sein. Tut mir leid."

Sie beendete das Gespräch mit einer kalten Aufmunterungsfloskel. Ob nun Gerda Meyer-Holzmann vorgeschlagen würde oder ob die roten beziehungsweise türkisfarbenen Ohrringe selbst in die Hauptstadt strebten, interessierte ihn im Augenblick nicht mehr. Beides hielt er für möglich. Eine von beiden würde sicher sein politisches Erbe antreten.

Er erzählte nun Teresa von der Möglichkeit, für die parteinahe Stiftung im Ausland zu arbeiten, womit eine sehr gute Bezahlung mit Auslandszulage verbunden wäre. Er würde ein kleiner Fürst im jeweiligen Land sein, sie die Fürstin.

„Ich glaube, du leidest unter starkem Realitätsverlust", blockte sie ihn ab. „Ich könnte nicht berufstätig sein und wäre vollkommen von dir abhängig. Außerdem glaubst du doch wohl selber nicht, daß gerade du jetzt von deinen Genossen eine solchen Posten bekommst. Hinzu kommt", ihr Blick wurde kühl, und sie verschränkte die Arme vor der Brust, „daß ich die letzten Tage über deine afrikanische Geschichte nachdenken mußte. Vielleicht sollten wir uns einige Zeit nicht sehen. Mal eine Auszeit einlegen."

Er spürte, was dies bedeutete, und es schmerzte ihn. Das war das berühmte Unglück, das selten allein kam. Nun wollte er nicht auch noch den tiefen Sturz zum Jammerlappen vollziehen und stimmte scheinbar souverän zu. Trotzdem konnte er die Frage nicht zurückhalten, was sie denn dabei fühlen würde.

„Wehmut", sie zögerte einen Augenblick, „und ein wenig Befreiung." Sie verabschiedete ihn mit einem leichten Kuß – eher einem Hauch. Im Fahrstuhl dachte Dr. Marco Hoffmann mit einem Anflug von Sarkasmus, daß ihm nun nicht viel mehr bliebe, als seine Frau um einige Bücher aus ihrer Buchhandlung zu bitten. Über Liebe, Sehnsucht und ferne Länder. Er konnte nur hoffen, daß ihm diese kleine Gefälligkeit nicht auch noch verweigert werden würde. Die Gefahr bestand nach seinem Betrug selbst bei dieser treuen Seele und würde sein berufliches und persönliches Desaster vollkommen machen. Der letzte sichere Hafen, so befürchtete er, könnte ihn abweisen.

36

Amandus Abendroth legte den Telephonhörer auf den Schreibtisch und blickte auf die Oste. Zwei Segler glitten vorbei, gefolgt von der Mocambo. Gerade hatte sich wieder ein buntes Blatt aus der Liga der Yellow Press gemeldet und angefragt, ob sie seinen Artikel aus dem Oste-Kurier nachdrucken dürften. Möglicherweise etwas gekürzt, aber das würde die Redaktion des Goldenen Echos später kurz vor Drucklegung entscheiden. Natürlich hatte er als freier Autor zugestimmt. Zum Texthonorar gab es einen zusätzlichen Betrag für seine Photos.

Das war schon die zwölfte Anfrage nach Erscheinen seines Berichtes über Dr. Marco Hoffmanns Liste. Aber nicht nur die Yellow Press und Frauenzeitschriften hatten sich gemeldet, sondern auch ein Hamburger Magazin sowie regionale und überregionale Tageszeitungen. Vor einer halben Stunde hatte ein Blatt aus München angeklingelt. Er nahm die berufliche Anerkennung gerne entgegen. Auch der warme Regen der Zusatzeinnahmen konnte nicht schaden.

Nun nahm Amandus das tragbare Telephon wieder in die Hand und tätigte seinerseits einen Anruf. Anke Tiedemann war gleich am Apparat.

„Hallo Anke, es gibt etwas zum Feiern. Daran warst du nicht ganz unbeteiligt. Ich möchte dich heute abend zum Essen ins Weiße Roß nach Cadenberge einladen. Was hältst du davon?"

Sie nahm die Einladung mit hörbarer Freude an. Um sieben Uhr sollte er sie abholen.

Amandus Abendroth parkte den alten Benz vor dem historischen Fachwerkgebäude. Sie betraten den

Eingang, über dem das farbige Werk eines alten Meisters prangte. In der Mitte war ein stolzes weißes Roß abgebildet, umgeben von Landleuten, darunter Personen in vornehmer Reitkleidung aus früheren Zeiten. Das einladende Haus trug weiterhin den historischen Namen Weißes Roß, war in der Region aber auch als Eylmanns Hotel bekannt.

Beim Betreten der Gaststube begrüßte sie der Inhaber. Er führte das Hotel und das Restaurant in Familientradition zusammen mit seinem Bruder. Selbst hatte er im Hamburger Steigenberger gelernt und leitete den Service. Sein Bruder hatte sich als Küchenmeister ferne Düfte um die Nase wehen lassen, was der Küche und dem freundlichen Serviceleiter offensichtlich gut bekommen war. Vielleicht sollte der Chef mal auswärts essen gehen, dachte Amandus, nach dem eigenen Restaurantmotto: Butwärts eten dickt nich. Er strahlte wohlige Gastlichkeit aus. Der Service war sympathisch, persönlich und kompetent.

Sie wählten einen Ecktisch mit Biedermeiersofa, auf dem schon König Georg V. von Hannover gesessen hatte. Alles wirkte hier historisch, aber auch urgemütlich. Das antike Mobiliar und die alten Ölgemälde an den Wänden, darunter der königliche Gast des Hauses in schmucker, weißer Uniform, veranlaßten Amandus zu der Bemerkung: „Hier habe ich immer den Eindruck, daß sich gleich die Tür neben dem alten Biedermeier-Eckschrank öffnet und König Georg V. von Hannover höchstselbst eintritt. Geführt vom Grafen Bremer." Er erläuterte den Nachsatz, was Anke zu einem lächelnden Verweis wegen Scherzen auf Kosten anderer veranlaßte, auch wenn sie verblichene Monarchen wären. Er wies den Verweis ebenso lächelnd zurück, denn Graf Bremer hätte den blinden König doch nicht gegen den Eckschrank laufen lassen können.

Beide bestellten die Saiblinge aus dem Hemmoorer Kreidesee mit einem kleinen Salat vorweg. Dazu Mineralwasser und eine Flasche weißen Bordeaux Entre deux Mers. Zunächst unterhielten sie sich über die neuen Feriengäste, die kürzlich eingetroffen waren. Dann erzählte Anke, daß ihre Kinder die neue Ausstellung im Natureum ganz toll fanden. Sie freuten sich auf vierzehn Tage in den Sommerferien bei ihren Großeltern in Ostfriesland. Amandus berichtete ausführlich von seinen spannenden beruflichen Erlebnissen in der letzten Zeit. Er erzählte Anke eine Menge Details, die sie nicht der Presse entnehmen konnte. Dann hob er sein Glas mit dem trockenen weißen Bordeaux zu einem individuellen Trinkspruch: „Auf deine wertvolle Hilfe bei meiner Arbeit. Ohne dich wäre ich mit den Photos von der Fähre nicht weitergekommen."

„Auf Ebbe und Flut", lächelte sie ihn an und hob ebenfalls ihr Glas.

„Übrigens soll man als Pfadfinder jeden Tag eine gute Tat tun."

„Und? Hast du? Marco Hoffmann wird sicher nicht der Glückliche gewesen sein?"

„Da hast du recht. Vielleicht eine Art Wiedergutmachung in diesem Zusammenhang. Ich habe es jedenfalls versucht, mit der guten Tat."

„Wie denn? Nun bin ich gespannt."

„Ich war doch vor einiger Zeit bei der Weltweiten Partnerschaft in Hamburg. Du erinnerst dich, was die machen?" Anke nickte. „Heute habe ich die Geschäftsführerin angerufen und ihr die Geschichte von Selam Bekele und ihrer Mutter erzählt. Danach habe ich bei

Refugio angerufen, einen Termin vereinbart und mich mit Selam Bekele getroffen."

„Aha?"

„Die Geschäftsführerin der Weltweiten Partnerschaft hat ein Ausbildungsstipendium für Selam in Aussicht gestellt. Es müssen aber noch einige Dinge geklärt werden. Sie hat mich auch um meinen Artikel gebeten. Selam selber ist begeistert und würde das sehr gerne machen. Sie schwankt noch, Krankenschwester oder Hotel- und Gaststättenkauffrau wäre möglich. Ein Ausbildungsplatz in einem sehr guten Hamburger Hotel stände bereit. Ich glaube, sie tendiert dahin. Es ist noch nicht in trockenen Tüchern, aber ein Anfang ist gemacht."

Nun hob Anke das Glas. „Auf die Taten der Pfadfinder."

Amandus hob ebenfalls sein Glas und brachte dann die Idee eines Tapetenwechsels vor. „Wir könnten ein paar Tage auf eine Insel fahren, wenn deine Kinder bei den Großeltern sind. Die Feriengäste kommen sicher drei oder vier Tage allein zurecht, wenn man es mit ihnen abspricht. Sylt, Borkum oder auch Juist wäre schön."

Anke fand die Idee reizvoll, und viele Inselträume wurden beleuchtet. An diesem Abend blieb es in der Schwebe.

Parallel Weser-Elbe-Krimi erscheint im Schardt Verlag von Annette Biemer der Westerwald-Krimi „Stille Post".

Oldenburg: Schardt Verlag, Mai 2005, 178 Seiten, 12.80 Euro
Erhältlich in jeder guten Buchhandlung oder direkt beim
Schardt Verlag: Uhlhornsweg 99A, 26129 Oldenburg, Tel:
0441-21779287 Fax: 0441-21779286,
Mail: Schardtverlag@t-online.de

„Witzig, spritzig –
einfach das pure Lesevergnügen."

Pressestimmen zum Roman

Der realitätsnahe Krimi, den der Oldenburger Autor Reinhold Friedl geschrieben hat, verbindet die traditionelle Detektivgeschichte mit Elementen politischer Korruption und einer zarten Liebesverbindung.
Nordwest-Zeitung

Reinhold Friedl versteht es, die Persönlichkeit des Protagonisten ebenso anschaulich darzustellen wie die Probleme machthungriger Politiker.
Oldenburger Sonntagszeitung

Der Krimi ist spannend geschrieben, doch nicht so, daß ihr zur Blutdruckpille greifen müßt. Und ein bißchen Liebe zwischen reifen Menschen verschiedenen Geschlechts gibt es als Sahnehäubchen obendrauf.
hlz, Zeitschrift GEW, Hamburg

Nicht nur spannend, sondern auch amüsant zu lesen.
SoVD – Zeitung des Sozialverbandes Deutschland

Der Debütroman „Tödliches Tabu" von Reinhold Friedl erzählt eine spannende und unterhaltsame Geschichte um Land und Leute an der Oste, zwischen Weser und Elbe, die sich über Oldenburg und Genf zur UNO ausweitet.
Radio Bremen

Ein Lokalreporter und die Polizei liefern sich ein Wettrennen bei der Lösung des Falls. Und der wird mit einer Mischung aus Sex, Crime und Politik zwischen Oldenburg, Genf und Ostafrika zum bitteren Ende gebracht.
Elbe Weser aktuell

Der Oste-Krimi „Tödliches Tabu" von Reinhold Friedl hat es in sich.
Internet-Zeitung www.ostemarsch.de